KB263484

달콤쌉쌀
시간 한입

달콤쌉쌀 시간 한입

플로라 안 지음 • 천미나 옮김

안녕로빈

목차

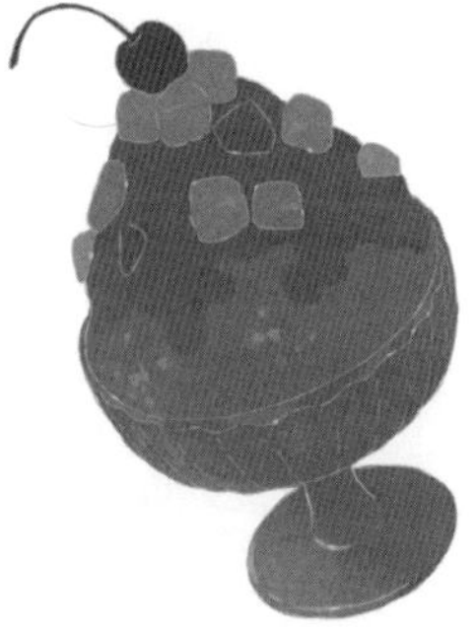

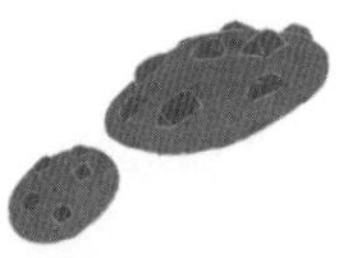

1

팥빙수 날씨

할머니의 레시피

"팥빙수 날씨로구나."

마야는 할머니가 한 말을 잘 못 알아들었다. 윙윙 돌아가는 선풍기 소리와 바로 옆에 딱 붙어 코까지 골며 잠든 게으른 늙다리 퍼그, 기즈모 때문이었다. 마야는 손에 든 일기장을 툭 내려놓고, 대자리에 붙다시피 한 팔다리를 천천히 떼어 냈다. 할머니가 먼지투성이 상자를 손에 든 채 부엌으로 들어갔다.

"할머니, 저한테 뭐 시키셨어요?"

마야는 부디 그 답이 "아니"이길 바랐다. 너무 더워서 꼼짝달싹하기도 싫었다. 8월의 찌는 듯한 무더위에 에어컨도 없이 장장 사흘을 보내고 나자, 참다못한 마야는 차고에서 대자리를 끄집어내 거실 바닥에 깔고 누웠다. 시원하긴 했지만, 거기에도 한계가 있었다. 늙는 족족 기즈모가 따라와 달라붙는 바람에 별 소용이 없었다. 기즈모 털이 뜨거운 물주머니처럼 마야의 몸을 눌러 댔다.

할머니가 앓는 소리를 내며 상자를 조리대 위에 올리더니 돌아서서 마야를 향해 소리쳤다.

"팥빙수 날씨라고!"

마야는 한숨 놓으며 대자리에 도로 털썩 주저앉아 일기장을 집어 들었다. 바쁘게 일하는 엄마 밑에서 큰 탓에 마야는 혼자서도 잘 놀거니와 고요한 일상에도 익숙했다. 마음속을 달음질치는 생각과 대답 없는 질문들은 작은 일기장에 낙서나 그림의 형태로 둥지를 틀었다. 마야는 끊임없이 그림을 그리고 싶은 충동을 느꼈다. 어디서 그런 마음이 일어나는 건지는 몰랐다. 할머니와 엄마는 선도 똑바로 못 그을 정도로 그림과는 거리가 멀다. 그렇다 보니 혹시 아빠가 그림을 잘 그렸을까 싶기도 했다. 마야는 마지막 쪽까지 꼼꼼히 채워 쓴 일기장을 책장의 책 뒤, 숨겨 둔 일기장들 옆에 나란히 꽂았다. 이렇게 일기장을 채워 나가기 시작한 건 2년 전, 열한 번째 생일날 엄마한테 파란색 일기장을 선물받고부터였다. 아래쪽 귀퉁이에 은색으로 마야의 이름까지 새겨져 있었다.

엄마는 퇴근이 늦었다. 집에 오면 늘 피곤해했고, 저녁 식사 후나 주말에는 멍하니 있을 때가 많았다. 몇 시간 동안 말 한마디 없을 때도 있었다. 마야가 기억하는 한, 적막하고 침묵뿐인 이 집에는 어렸을 때부터 자신과 엄마, 단 둘뿐이었다. 그러다 할머니가 왔다. 할머니는 엄마나 마야처럼 조용한 사람은 아니었다. 할머니는 마야의 하루가 어땠는지, 요즘은 일기장에 무슨 그림을 그리는지 끊임없이 궁금해했다. 마야는 그런 할머니가 좋았다. 하지만 지금처럼 꼼짝하기 싫고 대답하기조차 귀찮을 때면 할머니가 오기 전, 별일 없이 차분했던 그때가 아주 조금 그리운 것도 사실이었다.

'팔! 빙! 수!'

마야는 저절로 웃음이 나왔다. 스타카토 같은 세 음절을 듣는 순간 풍선이 팡팡 터지는 장면이 떠올랐고, 팝콘 기계에서 쏟아져 나오는 팝콘이 그려지기도 했다. 마야는 다시 일기장으로 돌아와 '팔빙수'라는 낱말의 이미지를 그리며 상상 속으로 빠져들었다.

"정말 팔빙수 먹기 딱 좋은 날씨구나! 네게 새로운 것을 보여 주기 딱 좋은 날인 것 같아."

어느 틈에 할머니가 가까이 와서 말했다. 마야가 시큰둥해 하자, 할머니가 마야를 쿡 찌르며 덧붙였다.

"막상 해 보면 너도 좋아할 거야. 부엌으로 와서 좀 도와줘."

앓는 소리가 절로 나왔다. 부엌은 집에서도 최고로 더운 곳이다! 할머니는 마야의 싫은 내색을 못 본 척하고, 부엌으로 가서는 소리쳤다.

"자, 이것 좀 같이 꺼내자!"

부엌으로 터덜터덜 걸어가는 마야의 이마에 벌써부터 송골송골 땀방울이 돋았다. 기즈모가 마야가 움직이는 쪽으로 고개를 획 돌리더니 엉덩이를 씰룩거리며 따라왔다. 기즈모는 게으르기로는 세상에서 둘째가라면 서러운 개고, 한 자리에서 몇 시간이고 잘 수 있는 녀석이지만, 간식을 얻어먹을 기회를 포착하면 절대 놓치는 법이 없었다.

마야는 할머니가 시킨 대로 상자를 받아 속에 있는 기계를 꺼냈다. 바닥은 넓고 위쪽은 불룩한 작고 하얀 기계였다.

"팥빙수가 이렇게 생긴 거군요?"

별 감흥 없이 내뱉은 마야의 말에 할머니가 깔깔 웃었다.

"바보야, 이건 팥빙수가 아니야. 팥빙수 만드는 기계야. 한 번도 본 적 없어?"

마야가 고개를 끄덕였다.

"이건 얼음 만드는 기계야. 아니, 그게 아니지. 얼음을 만들진 않지. 눈을 만들지."

"눈이요?"

마야는 불안한 눈길로 할머니의 얼굴을 빠르게 훑었다. 할머니는 간혹 낱말이나 이름을 떠올리려다가 혼란스러워했다. 몇 달 전 할머니가 처음 집에 왔을 때 엄마가 치매가 무엇인지 간단히 설명해 주었다. 치매에 걸리면 기억이 쉽게 사라지고 깜빡거린다고 했다.

"그래, 눈. 무슨 말인지 알겠지? 먹는 눈 말이야."

할머니의 말을 이해한 뒤에야 마야는 마음이 놓였다.

"아, 얼음 갈아서 시럽 뿌려 먹는 스노우 콘 말씀하시는 거죠! 그건 먹어 봤어요. 집에서는 아니지만."

빙수 기계에 장식된 춤추는 펭귄들이 웬지 낯설지 않았다. 어렸을 때 엄마가 팥빙수를 만들어 줬었나? 아니면 혹시 아빠가 이 기계로 팥빙수를 만들었을까? 아빠의 유품이라 두고 보기에 고통스러워서 엄마가 차고에 처박아 둔 걸까? 마야는 여러 생각이 들었다.

"한국 사람들은 여름에 팥빙수 먹는 걸 좋아해. 나 어렸을 땐 집에 냉장고를 두기 전이라 동네 빵집에 가서 사 먹었어. 스노우 콘은 시럽과 설탕 범벅이잖니. 팥빙수가 훨씬 맛있어. 팥빙수에는 팥하고 과일이 들어가."

할머니가 젖은 행주로 빙수 기계를 닦으며 말했다.

"팥이요?"

마야가 얼굴을 찡그렸다.

"할머니 믿어 봐. 만드는 거 보면 너도 좋아할 거야."

엄마는 요즘 요리를 거의 하지 않았다. 그나마 자주 하는 요리는 그 주에 싸게 파는 아무 소스나 사 와서 집에 있는 아무 채소나 때려 넣어 빠르게 만드는 파스타였다. 그렇다 보니 마야는 할머니가 만들어 보자는 팥빙수가 살짝 궁금하기도 했다.

"팥하고 떡은 준비해 뒀어. 마야는 과일 썰고, 얼음 갈아서 눈을 만들면 돼."

할머니는 팥빙수 담을 그릇을 차갑게 해야 한다며 작은 그릇 두 개를 냉동실에 넣었다. 두 사람은 바나나, 키위, 딸기 몇 개를 한입 크기로 잘랐다. 할머니는 엉덩이로 마야의 엉덩이를 한 번씩 툭 쳤는데, 그건 예전에 엄마가 자주 하던 장난이었다.

마야가 얼음 조각을 빙수 기계에 넣으면 할머니가 위에서 누르며 얼음을 갈았다. 얼음이 갈리는 소리가 어찌나 큰지, 놀란 기즈모가 허둥지둥 달아나 벽 뒤로 몸을 숨겼다.

냉동실에서 꺼내 온 그릇에 할머니가 얼음 눈을 소복이 채우고, 달콤하게 졸인 차가운 팥을 큰 숟가락으로 푹 떠서 눈 위에 수북이 얹었다. 마야가 그 위에 과일과 떡을 가지런하게 올렸다. 마지막으로 할머니가 그릇 전체에 연유를 사르르 뿌리고서 환하게 웃으며 말했다.

"이제 제일 신나는 순서다. 시식!"

신이 난 마야는 숟가락을 들고 팥빙수를 푸기 시작했다. 공들여 숟가락 위에 모든 재료를 골고루 담고는 드디어 입에 넣는 순간, 깜짝 놀랄 만큼 차가운 기운이 이에서부터 심장을 지나 발끝까지 지르르 퍼졌다. 얼음 눈이 목구멍을 타고 내려가는 동안, 마야는 팥과 과일의 달콤함부터 작은 육각형 모양 떡의 쫀득거리는 식감에 이르기까지 팥빙수의 모든 맛을 빠짐없이 음미했다. 두 번째 숟가락은 더욱 크게 퍼 담았다. 할머니는 마야가 먹는 모습을 흐뭇하게 지켜보다가 말했다.

"내 말이 맞지? 좋아할 거라고 했잖아. 그럼 이것도 마음에 들 거야."

할머니가 갑자기 마야의 손을 꽉 쥐었다. 할머니의 차디찬 손가락에서 전해진 냉기에 마야는 다시 한번 몸을 부르르 떨었다. 그리고 다음 순간 눈앞이 뿌옇게 흐려지는가 싶더니 순식간에 세상이 사라져 버렸다.

꿈이 아니야

귀를 때리는 소리, 눈앞을 지나는 장면, 코를 스치는 냄새가 미친 듯이 뒤섞여 급작스럽고도 강렬하게 몰아쳤다. 마야는 뭐가 뭔지 하나도 구분이 되질 않았다. 할머니가 손을 꽉 쥐고 있다는 느낌, 오로지 그 느낌 하나에만 간신히 집중했다. 그러다 마치 롤러코스터의 마지막 순간처럼, 순식간에 모든 게 끝났다. 얼이 쏙 빠진 마야는 꼼짝도 못 하고 서서 쓰러지지 않으려고 있는 힘을 다해 버텼다.

할머니는 사라지고 없었다. 기즈모도 사라지고 없었다. 부엌도 사라지고 없었다. 강렬한 여름날의 태양이 쨍쨍 내리쬐고, 귀청이 따가울 정도로 매미들이 울어 댔다. 마야는 무성하게 자란 식물과 감나무가 있는 마당 한가운데 서 있었다. 감나무에는 덜 익은 초록색 감이 주렁주렁 달려 있었고, 마당 끝에는 작은 집 한 채가 보였다. 그때 갑자기 누군가 신나서 꺅 내지르는 웃음소리가 들렸고, 마야는 소리가 나는 쪽으로 빙글 돌아섰다.

그곳에는 비바람에 낡은 탁자와 긴 의자 두 개가 높게 자란 풀 위에 놓여 있었고, 훤칠한 남자가 두세 살 쯤 되어 보이는 여자아이를 무릎에 앉히고 위아래로 까불어 주고 있었다. 두 사람은 큼직한 팥빙수 그릇을 앞에 두고 장난스럽게 싸움을 벌이고 있었다. 시원한 보물을 차지하기 위해 숟가락 결투를 벌이느라 길쭉한 은수저끼리 챙챙 부딪치는 소리가 음악처럼 마당에 퍼졌다.

멍하니 그들을 바라보는 마야의 숟가락에서 팥빙수가 흘러 셔츠 앞자락을 적셨다. 마야는 왠지 눈앞의 남자가 낯설지 않았다. 할아버지일까? 잠시 생각도 했지만, 말도 안 된다. 할아버지는 마야가 태어나기도 전에 세상을 떠났다. 설령 아직 살아 있대도 할아버지는 노인이다. 할머니처럼. 그렇지만 눈앞에 있는 사람은 마야가 본 단 한 장의 사진, 무려 50여 년 전 찍은 사진 속 할아버지 모습 그대로였다.

어느 날엔가 할머니는 차고 구석의 오래된 상자에서 네 귀퉁이가 말리고 벗겨진 할아버지 사진을 찾아왔다. 마야는 그 사진 속의 작고 사소한 것 하나까지 다 기억하고 있었다. 할아버지 양복의 선명한 주름, 숱이 많고 윤기가 흐르는 머리칼. 젊은 날의 할아버지와 할머니를 일기장에 그리고 또 그리다 보니 어느새 그 얼굴이 친숙하게 느껴졌다. 사진 한쪽에 희미하게 남은 글귀는 이랬다.

'김영수와 김현숙, 1975년 결혼식에서'

굳은 표정을 하고 차렷 자세로 서 있는 사진 속 모습과는 달리 지금 할아버지는 껄껄 웃기도 하고, 장난스러운 표정으로 숟가락을 팥빙수에 내리꽂기도 했다. 무릎에 앉은 여자아이가 깔깔거리며 "아빠!"하고 할아버지를 불렀다. 아빠? 저 꼬마가 할아버지 딸이라면? 할아버지와 할머니에게 자식은 딸 하나밖에 없다. 마야의 엄마, 바로 유진인 것이다. 마야는 두 사람을 향해 천천히 다가갔다. 한 걸음씩 가까이 다가가며 할아버지와 엄마가 고개를 들고 자신을 알아볼 순간을 기다렸다. 그러나 두 사람은 끝내 마야를 보지 못했다.

마야와 엄마는 누가 봐도 닮은꼴이지만, 긴 머리에 동그란 볼을 가진 눈앞의 조그만 엄마는 마야와 진짜 똑같아 보였다. 사이가 먼 두 눈, 활처럼 휘어진 눈썹, 말할 때 완벽에 가까운 동그라미가 되는 도톰한 입술까지. 마야는 여기 이 꼬마처럼 행복해 보이는 엄마를 본 게 언제인지 기억조차 나지 않았다. 게다가 자신이 어렸을 때는 이 꼬마만큼 행복하기는 했을까 싶었다.

마야는 눈앞에 펼쳐진 놀라운 광경에 잠시 할머니의 존재를 잊고 있었다. 그런데 난데없이 할머니가 탁자를 향해 어정어정 걸어가더니 주름진 손으로 할아버지의 머리칼을 쓸어 넘겼다. 그 순간 믿기 힘든 일이 다시 벌어졌다. 할머니의 손이 할아버지를 그대로 통과한 것이다. 마야는 화들짝 놀라 손에 쥔 숟가락을 떨어뜨렸다. 마치 할아버지는 사람이고, 할머니는 귀신인 것만 같았다. 할머니가 뒤돌아 마야를 향해 웃음 지었다. 눈에는 장난기가 반짝였다.

마야는 제 팔을 꼬집어 보았다. 찌릿하게 아픈 걸 보니 꿈이 아니었다. 도대체 어떻게 이런 일이 일어날 수 있을까? 시간 여행 같은 건 현실에 존재하지 않는다. 책이나 영화에서나 나오는 이야기다. 다시 말하지만, 시간 여행이 현실일 수는 없다.

"지금 뭐 하는 거야?"

마야의 어지러운 마음을 뚫고 누군가의 외침이 들려왔다. 마야는 허리를 곧추세우고는 소리 나는 쪽을 향해 최대한 순진한 얼굴로 누구요? 저요? 하는 표정을 지어 보였다. 활짝 열린 대문간에 젊은 여자가 서 있었다. 엄마를 빼닮은 모습에 마야는 어리둥절했다. 한껏 부풀린 여자의 머리칼은 끝부분을 동그랗게 말아

매끄럽고 탄력 있게 손질되어 있었다. 날개처럼 뻗은 아이라인과 날씬한 몸매를 돋보이게 하는 화려한 무늬의 짧은 원피스가 한동안 마야의 시선을 붙잡았다. 하지만 얼굴만 똑같았지, 이 여자는 엄마가 아니다. 1970년대 패션 스타일로 꾸민 젊은 날의 할머니다. 이름은 김현숙. 마야가 아는 흰머리에 주름살투성이 할머니가 아니라 마야의 엄마, 그러니까 어린 유진의 젊은 엄마이자 김영수의 아내인 것이다.

"팥빙수는 먹는 거지, 장난쳐서 사방을 끈적이게 만들라고 있는 게 아니야!"

현숙은 남편과 딸에게로 다가가며 말했다. 잔소리를 하면서도 얼굴엔 환한 웃음을 짓고 있었다. 그러더니 급기야 영수의 숟가락을 빼앗아 팥이 수북한 빙수를 한 입 푹 떠먹었다. 더는 엄격한 어른인 척할 수 없는 모양이었다.

"적이 나타났어! 보물을 지켜야 해!"

영수가 장난스럽게 웃으며 외쳤고, 유진은 신나서 꺅 비명을 내지르며 재빨리 양팔로 그릇을 동그랗게 감싸 안고는 남은 팥빙수를 비우기 시작했다. 현숙과 영수는 그릇에 얼굴을 묻고 마지막 남은 얼음물까지 후루룩 들이마시는 딸을 보다가 마주 보며 웃었다.

"완벽한 팥빙수 날씨네!"

영수가 느긋한 목소리로 말했고, 현숙이 고개를 끄덕였다.

"완벽해요."

그 말이 마야의 귓가에 울리는 동시에 또 다른 목소리가 옆에서 맞장구를 쳤다.

"완벽하지!"

마야가 돌아서자, 할머니가 마야에게 팔짱을 끼며 말했다.

"거봐. 내가 팥빙수 먹기 딱 좋은 날씨라고 했지! 빙수 기계 꺼내길 잘했지?"

마야의 눈이 할머니와 현숙 사이를 빠르게 오갔다. 세월을 건너뛰어 마주한 같은 사람의 얼굴이었다.

"어떻게 된 거예요? 지금 이거 진짜예요?"

마야가 혼란스러워하며 물었다. 할머니는 마야의 팔을 토닥이며 "진짜지, 그럼!"이라고 하고는 다른 말은 덧붙이지 않았다. 어쩌면 할머니는 과거가 현재로 밀고 들어오는 게 익숙해서, 딱히 말할 게 없을지도 몰랐다. 하지만 마야는 지금 이 상황이 이상해도 너무 이상했다. 머릿속에 너무나도 많은 질문이 떠올라 무엇을 먼저 물어야 할지 갈피조차 잡을 수 없었다. 이윽고 입을 열었을 때는 질문이 숨 돌릴 틈도 없이 쏟아져 나왔다.

"어떻게 이게 가능해요? 어떻게 할머니가 여기도 있고, 저기도 있어요? 왜 저 사람들은 우리를 못 봐요? 여기는 어디예요? 지금 우린 어느 시대에 있는 거예요?"

"여기가 어디냐고?"

할머니는 마야의 질문 중 하나만 답하고 나머지는 깡그리 무시했다. 상태가 좋은 날조차 할머니는 대답하기 싫은 질문에는 입을 닫는 사람이다. 그것 때문에 엄마는 답답해했지만, 어찌 보면 유전인 것 같다. 자기가 하고 싶은 대답만 한다는 점에서는 마야와 엄마도 할머니와 다를 게 없으니까.

"우린 여기 있지. 우리 집에."

할머니가 사람들 뒤쪽으로 보이는 작은 집을 가리키며 말했다. 마야는 눈을 질끈 감았다. 마야는 이 요상한 세상에 꼼짝없이 갇혔고, 유일한 길잡이는 할머니뿐이건만, 할머니는 정신이 오락가락해서 과거와 현재를 혼동하고 있었다.

"가자. 시간 다 됐다."

할머니가 마야에게 말했다.

"시간? 무슨 시간요?"

"집으로 갈 시간이라고, 바보야."

마야는 작은 집을 바라보며 어깨를 축 늘어뜨렸다. 저 집에 들어가면 현재로 되돌아갈 수 있는 건가. 믿기지 않았지만, 한 가닥 희망의 끈이라도 놓고 싶지는 않았다. 현숙과 영수가 양쪽에서 딸의 손을 잡고 집 쪽으로 가는 걸 보며 할머니가 말했다.

"참 행복해 보이지? 저 땐 모든 게 마땅히 그래야 하는 줄만 알았어. 인연이란 게 그렇더라."

"인연? 그게 뭔데요?"

마야가 난생처음 듣는 단어였다.

"우리가 만나고 이어지는 모든 거! 우연 같지만 사실은 운명이지. 옷깃만 스쳐도 인연이란 말이 있어."

마야는 할머니의 말이 어려워 멍하니 있다가 젊은 할머니와 할아버지를 놓치고 싶지 않아서 그들을 따라 움직였다. 순간 늙은 할머니가 마야의 팔을 붙잡았다.

"어디 가려고?"

"저 집에요."

마야가 앞에 보이는 집을 가리켰다. 할머니가 손사래를 치며 말했다.

"아니야. 나는 우리가 사는 집에 가자고 한 거야. 저 옛날 집이 아니라."

마야가 얼굴을 찌푸렸다. 우리 집? 옛날 집? 과거? 현재? 이게 다 무슨 소릴까? 머리가 지끈거렸다. 할머니는 잡은 손을 놓지 않은 채 아까 마야가 떨어뜨린 숟가락을 주워 마야에게 건넸다. 그 순간 마야의 몸이 앞으로 확 쏠렸다. 마치 경주용 자동차에 매달려 끌려가는 것 같았다. 마야는 비명을 질렀지만, 정작 입 밖으로는 아무 소리도 나오지 않았다. 온 사방이 흐릿해지는가 싶더니 순식간에 움직임이 멈추었고, 곧이어 귓가에 멍멍! 소리가 요란하게 들려왔다. 기즈모가 짖고 있었다.

엄마와 딸

"내가 뭐랬어? 우리 집 맞지?"

여전히 마야는 얼떨떨한 채였다. 할머니가 바닥을 가리키며 마야를 나무랐다.

"숟가락을 챙겨 오면 뭘 해? 오자마자 바닥에 또 떨어뜨릴 걸. 어서 싱크대에 가져다 놔."

기즈모가 코를 킁킁거리며 숟가락에 남은 팥빙수를 핥느라 바빴다. 마야는 두리번거리며 주위를 살폈다. 빙수 기계는 제자리에 있었고, 팥빙수는 녹아 있었다. 마야는 한 걸음 내디뎌 보려고 했지만, 머리가 빙글 돌며 속이 울렁거렸다. 희미한 군밤 냄새가 공중에 맴돌았다. 마야는 천천히 자세를 낮춰 바닥에 앉은 다음 다리를 감싸안고 숨을 골랐다.

할머니가 마야의 셔츠에 묻은 팥빙수 얼룩을 보고는 고개를 내저으며 가볍게 혀를 찼다.

“먹을 때마다 묻히네. 셔츠 줘. 얼룩 남기 전에 빨아야지.”

마야는 셔츠를 벗었다. 다행히 진홍색 팥물이 러닝셔츠에까지 배지는 않았다.

할머니가 마야의 손에서 셔츠를 낚아채서는 세탁실 전등 스위치를 켜려고 몸을 기울이다가 그만 넘어질 뻔했다. 마야는 정신이 번쩍 났다. 자신이 할머니를 돌보기로 한 시간에 무슨 일이라도 생기면 엄마가 노발대발할 게 분명했다.

“잠깐만요! 제가 나중에 빨게요!”

할머니는 기를 쓰고 마야의 손길을 거부했다.

“안 돼. 나중에는 얼룩이 안 빠져. 내일 아빠 출근할 때 입고 가야 해.”

마야는 할머니가 말하는 ‘아빠’가 마야의 아빠를 말하는 건지, 엄마의 아빠를 말하는 건지, 그것도 아니면 할머니의 아빠를 말하는 건지 구분이 되지 않았다. 할머니의 상태가 나빠지고 있었다. 혼란과 분노로 점점 커지는 목소리는 할머니가 쉬어야 할 때라는 걸 말해 주고 있었다. 마야는 가까스로 할머니를 방으로 모신 뒤 침대에 눕혔다. 여전히 날씨가 더운데도 할머니는 누비이불을 턱까지 끌어올리고는 금세 곯아떨어졌다.

마야는 서랍장 위의 사진을 집어 들고 유심히 들여다보았다. 할머니에 관해 모르는 게 많다는 사실이 새삼 떠올랐다. 이를테면 과거로 시간을 거슬러 가는 능력도 그중 하나다. 엄청난 능력이 아닐 수 없다.

마야는 사진을 제자리에 놓고 발끝으로 살금살금 걸어 거실로 내려왔다. 기즈모 옆 대자리에 털썩 누워 천장의 희미한 금을 가만히 올려다보았다. 이제 어쩐다? 마야는 기즈모의 부드러운 털을 쓰다듬으며 이제부터 무엇을 해야 할지 골똘히 생각해 보았다. 엄마한테 말해야 하나? 하지만 엄마에게 괜한 걱정거리를 안겨 주기 싫었다. 이 모든 게 진짜였을까? 어쩌면 그저 마야의 상상일 뿐일지도 몰랐다. 설마! 자신이 미쳐 가고 있는 거라면 그게 더 심각한 문제 아닐까?

결국 마야는 엄마에게 전화하기로 마음을 굳혔다. 하지만 처음부터 다 말할 생각은 없었다. 분위기를 살펴보기만 한달까. 사실 엄마 기분에 많은 게 달렸다고 봐도 무방했다. 두 번째 벨이 울리기도 전에 엄마가 전화를 받았다.

"무슨 일이야?"

엄마는 마야가 전화를 걸면 언제나 금세 받았고, 곧바로 무슨 문제인지부터 물어 왔다.

"아니, 별일 없어요."

마야는 자기도 모르게 거짓말을 하며 엄마를 안심시켰다.

"그래, 다행이네. 엄마 지금 눈코 뜰 새 없이 바빠. 길게 얘기

못 해."

애기를 잘하긴 틀렸다. 법률사무소에서 일하는 엄마는 바쁘지 않은 날이 드물었다.

"할머니는 어디 계시고?"

"낮잠 주무세요."

"좀 어떠시니?"

"잘 계세요. 몇 분 전에 아빠 얘기를 하셨어요. 그런데 할머니가 말하는 아빠가 할머니의 아빠인지, 엄마의 아빠인지, 제 아빠인지 모르겠어요."

아빠 얘기를 하면 엄마가 싫어하는 걸 잘 알면서도 마야는 조금이라도 아빠에 대해 알고 싶어서 구실을 만들어 내고는 했다. 아빠는 마야가 겨우 세 살 되던 해에 세상을 떠났기에 마야의 기억 속에는 없었다. 엄마에게 찔끔찔끔 알아낸 사소한 내용들을 이어 붙여 상상하고는 했지만, 마야에게 아빠는 조각이 절반쯤 사라진 퍼즐과도 같았다. 그리고 그 사라진 절반을 엄마는 어딘가에 꽁꽁 숨겨 놓고 혼자서만 간직했다.

"신경 쓰지 마. 어느 아빠가 됐든 할머니 정신이 왔다 갔다 한다는 소리니까."

"그래도……."

"마야, 엄마 몇 분 뒤에 회의야. 더 할 말 있니?"

"아니, 별로."

마야는 자신에게 화가 났다. 괜히 아빠 얘기를 꺼내서 옆길로 샜다. 정말 말하고 싶은 건 할머니하고 있었던 일인데, 도대체 엄마한테 전화는 왜 한 건지 싶었다.

"참! 할머니가 팥빙수 드시고 싶다고 차고에서 빙수 기계를 찾아내셨어요."

마야가 짐짓 태연한 척 말했다.

"정말? 차고 좀 그만 뒤져야 할 텐데. 그러다 넘어지든지 머리에 뭐라도 떨어지고 말지. 가만히 두고 보면 안 되겠다. 엄마가 나중에 할머니한테 말씀드릴게. 넌 그냥 잘 좀 치워 놓기만 해. 알았지? 이따 보자."

마야는 입이 바짝 말라서 혓바닥이 사포처럼 까끌까끌했다. 빨리 전화를 끊어야 하는 엄마 사정을 알면서도 마음을 단단히 먹고 다음 말을 이어갔다.

"할머니하고 팥빙수 먹는데 좀 이상한 일이 있었어요."

"어? 그랬어?"

엄마는 이미 반쯤 건성이었다. 수화기 너머로 엄마의 긴 손톱이 키보드 위를 타닥거리는 소리가 들렸다. 마야는 소리라도 질러 엄마의 관심을 끌고 싶었지만, 목소리만 약간 키워 말했다.

"같이 팥빙수 먹는데, 할머니가 아주 옛날 기억을 떠올리셨어요. 엄마 어렸을 때, 엄마랑 할머니랑 할아버지랑 마당에서 팥빙수 먹던 때요."

"내가 팥빙수 먹던 때? 할머니, 할아버지하고?"

엄마는 키보드를 두드리는 손을 멈추지 않고 마야가 한 말을 똑같이 따라 하며 대답할 시간을 벌었다.

"네. 혹시 엄마도 기억하는 얘긴가 해서요."

"글쎄, 기억 안 나는데."

마야가 갔던 그 시간 속의 엄마는 겨우 두세 살 정도라 기억 못 할 것도 같았지만, 마야는 끈질기게 물었다.

"꼭 제가 엄마랑 할머니, 할아버지하고 같이 있는 기분이었어요. 엄마는 머리를 땋았고, 풍선이 그려진 흰색 원피스를 입었고요. 엄마하고 할아버지가 팥빙수를 놓고 할머니랑 숟가락 싸움을 벌였어요."

타닥거리던 키보드 소리가 그쳤다. 수화기 너머에서 엄마가 내쉬는 긴 한숨 소리가 들려왔다.

"아, 생각날 것도 같다. 할아버지는 팥빙수를 참 좋아하셨어. 진짜 더울 때, 큰 대자리 깔고 누워도 더위가 가시지 않는 날이면, 할아버지는 '팥빙수 먹기 딱 좋은 날씨다' 그러셨어. 팥빙수를 먹고 나면 단번에 10도는 더 시원해진 것 같은 기분이 들었지."

아련한 추억이 묻은 엄마의 말투는 짧은 기침 끝에 평소처럼 무미건조하게 되돌아왔다.

"허구한 날 옛날 생각이나 하고 있으면 뭘 해. 다 부질없는걸. 아무튼 할머니하고 즐겁게 지낸 것 같구나."

"네. 엄마도 나처럼 할머니랑 즐거운 순간들을 보냈겠구나, 생각했어요."

엄마가 코웃음을 쳤다.

"그렇지 않아. 우리 관계는…… 좀 복잡해. 전형적인 모녀 사이라고는 말 못 하지. 어쨌든 마야가 할머니하고 친해서 다행이야. 할머니 말동무가 돼 줘서 고마워."

마야도 두 사람 사이에 묘한 거리감이 있다는 걸 느꼈다. 강 대 강이 만나서 그런 걸까. 할머니를 돌봐야 하는 부담감 탓일까. 어쩌면 그저 세상 어디에나 있는, 만나기만 하면 긴장감이 감도는 모녀 사이일 뿐인지도 모른다.

할머니가 온 첫날, 집안은 긴장과 어색함만 가득했다. 마야가 단짝인 자다네 집에 다녀오니 할머니가 있었다. 엄마는 화를 내며 여기까지 어떻게 왔고, 왜 왔는지 할머니한테 다그쳐 물었고, 할머니는 때가 돼서 왔을 뿐이라는 애매모호한 대답만 했다. 마야는 괜히 자신에게 불똥이 튈까 봐 방으로 피했다. 이튿날이 되어서야 비로소 엄마와 단둘이 아닌 더 큰 가족이 되었다는 기쁨을 온전히 누릴 수 있었다.

"마야, 끊어야겠어. 회의실에서 부른다. 두 시간 있으면 집에 갈 거야."

"네, 좀 이따 봐요!"

마야는 애써 명랑하게 대답하고는 전화를 끊었다. 다른 사람에게 정보를 알아내기란 참 어려운 일이다. 진실을 알기 위해서는 할머니가 깨어나길 기다리는 수밖에 없었다.

두 개의 마야

그날 마야는 끝내 알고 싶었던 답을 얻지 못했다. 낮잠에서 깨어난 할머니는 까칠하고도 정신이 혼란스러운 상태였고, 엄마가 퇴근하고 돌아왔을 때는 상태가 더 심각했다. 요즘 들어서 할머니는 저녁 먹을 무렵이면 당신이 엉뚱한 집에서 엉뚱한 사람들과 있는 거라고 착각하는 일이 잦았다. 그런 할머니를 어렵게 달래 아래층으로 모시고 내려올 즈음이면 엄마는 배고프고 진이 쭉 빠져 할머니 못지않게 신경이 곤두서 있었다. 지금도 그런 과정을 거쳐 마침내 온 식구가 저녁 식탁에 앉았다.

"이렇게 기름져서야! 이건 제대로 된 음식이 아니야. 마야는 한참 클 나인데 영양가 있는 음식을 먹어야지."

할머니가 접시에 놓인 피자를 집어 들며 못마땅한 표정으로 말했다. 엄마의 표정이 굳었다. 엄마와 단둘이 살 때는 저녁 식탁이 서로의 하루를 이야기하거나 익숙한 침묵이 흐르는 자리였지만, 할머니가 온 뒤로는 수시로 엄마의 결정에 딴지 거는 할머니 때문에 매번 불꽃 튀는 긴장감이 감돌았다.

"집밥이 아니라 죄송하네요. 식구들 먹여 살리려고 종일 빼 빠지게 일하느라 바빴거든요. 영양가 있는 음식을 차릴 시간도 기운도 없어요. 똑같이 겪어 보셨으니 알 거잖아요."

엄마가 차갑게 말했다.

"가족과 건강이 우선이지. 어제도 네 아버지한테 똑같은 말을 했다만."

할머니는 지지 않았다.

마야는 집을 빠져나가야겠다는 생각에 빠르게 저녁 식사를 마친 뒤 단짝인 자다에게 문자를 보냈다. 자다는 어린 남동생들을 돌보느라 외출은 꿈도 못 꾼다며 마야를 집으로 불렀다. 둘 다 가족으로부터 탈출구가 필요했다.

자다의 집에 도착한 마야는 온몸의 긴장이 스르륵 풀어졌다. 자다와 있을 때는 완전히 다른 마야가 된다고 해도 과언이 아니었다. '가족 마야'는 말썽 한번 안 부리는 착하고 공손한 딸이다.

반면 '친구 마야'는 거리낌 없이 말하고, 큰 소리로 깔깔 웃기도 잘한다. 심지어 앉는 자세도 집에서와는 다르다. 쿠션에 등을 기댄 채 느긋하게 앉아 한쪽 다리까지 편하게 접고 구부정히 앉은 모습을 보면 엄마와 할머니는 분명 눈살을 찌푸릴 거다.

자다가 소파에 철퍼덕 앉아 쿠키 접시를 내밀었다. 맛있기로 소문난 자다네 짭짤한 더블 초코칩 쿠키다. 일명 '짭더초'. 유혹을 이기지 못하고 마야가 두 개를 집었다. 자다가 아빠한테 전수받아 직접 구운 최고의 쿠키! 마야는 아빠와 사이가 좋은 자다가 부럽기만 했다.

"무슨 일이야? 스트레스 장난 아니던데."

"문자에 스트레스 받은 게 보여?"

입속에 든 쿠키를 우물거리며 마야가 물었다. 자다가 한쪽 눈썹을 치켜떴다.

"에이, 왜 이러셔. 내가 너를 하루 이틀 봤니. 척 보면 척이지."

자다는 손에 묻은 쿠키 부스러기를 털어 내고, 팔꿈치로 마야를 쿡 찌르고는 익살스러운 표정을 지었다.

"데이비드 때문이야?"

"아니, 아니야."

데이비드의 이름을 말하는 마야의 양 볼이 빨개졌다.

"확실해?"

애초에 자다한테 짝사랑 얘기를 하는 게 아니었다. 사실 데이비드는 반 여자애 모두 (자다만 빼고) 좋아하는 아이라서 약간 호감이 생겼을 뿐이었다. 그런데 자다에게 말하는 순간, 마야의 감정은 사실처럼 굳어져 버렸다.

"아니라니까."

"그럼, 뭔데? 또 엄마 때문이야? 아니면 할머니?"

자다는 가족 마야도, 친구 마야도 잘 알았다. 물론 놀리기 대장이지만, 마야에게 진지한 상담이 필요한 때를 놓치는 법이 없었다. 마야는 자다에게 어디까지 말해야 하나 생각했다. 아무리 비밀 없는 친구 사이라지만 이 일을 어떻게 말할 수 있을까? "나 할머니하고 과거로 갔다 왔어"라고? 아니면 "지금 나 심각한 환각 증세를 겪고 있어"라고? 이건 지금까지 자다한테 털어놓았던 이야기와는 차원이 다른 것이다. 결국 마야는 가족 마야와 친구 마야의 중간 지점을 택하기로 마음을 정했다.

"그게, 우리 할머니가 나한테 비밀을 말했어. 엄마한테도 하지 않은 얘기래. 그런데 그 말이 진짜인지 아닌지 모르겠어. 괜히 엄마한테 말해서 걱정시키기는 싫고."

"집안 문제. 늘 그게 제일 골칫거리지."

자다가 고개를 끄덕이고는 이내 마야에게 바짝 몸을 붙이며 물었다.

"그래서 그게 뭔데? 엄청 충격적인 비밀 같은 거야? 알고 보니까 네가 한국 왕족 후손이래? 아니면 오래전 헤어진 자매라도 있대?"

"뭐? 그런 거 아니야."

"그럼, 뭔데?"

"뭐라고 딱 말하기 어려워. 괜히 일을 키우기도 싫고. 어쩜 별일 아닐 수도 있고."

"뭐야? 진짜로 말해 봐."

"말 못 하겠어."

"진심?"

단짝 친구 사이에 비밀을 만든다는 게 미안하면서도, 마야는 고개를 끄덕였다.

"좋아. 알아들었어."

자다가 묘한 표정을 지으며 마야를 쳐다보더니 텔레비전으로 시선을 돌렸다. 둘은 한동안 말없이 텔레비전을 봤다. 자다에게 모조리 털어놓고 싶었지만, 결국 마야는 벌떡 몸을 일으켰다. 아침부터 지금까지 긴장의 연속이던 하루가 어서 끝났으면 하는 마음이었다.

"쿠키 잘 먹었어. 그만 가 봐야겠다. 엄마가 어두워지기 전에 오래."

자다는 어깨를 으쓱하더니 마야를 현관문까지 바래다주었다.

"마야, 너무 걱정 마. 너희 할머니하고 조금 더 이야기해 보고, 네가 직접 확인할 수 있으면 해 봐. 그리고 언제든 내가 옆에 있다는 거 잊지 말고."

마야는 그게 빈말이 아니라는 걸 잘 알고 있었다. 자다는 마야의 말에 진심으로 귀 기울여 주는 친구니까. 둘 사이에 흐르던 어색한 기운은 눈 녹듯 사라졌다. 마야는 자다를 향해 손을 흔들고 골목을 달려 내려갔다. 그렇다. 자다 말대로 하면 해결될 일이다. 지금 당장은 엄마한테 말하지 않을 생각이다. 말해 봤자 엄마가 할머니한테 화낼 이유만 하나 더 늘어날 테니까. 먼저 할머니하고 이야기를 나눠 봐야겠다. 어떤 식으로든 확실한 증거를 얻게 되기를.

한결 가벼워진 발걸음으로 마야는 엄마가 정해 준 시간보다 딱 일 분 먼저, 집 안으로 들어섰다.

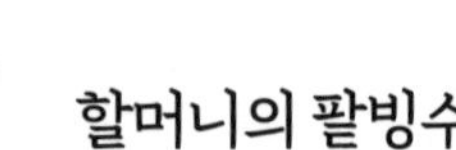

할머니의 팥빙수

· 마야의 구체적인 계량법을 더함! ·

얼음 같은 것(그릇에 수북하게) / 단팥 2~4큰술

각종 과일(잘게 썬 딸기와 블루베리. 키위를 넣어도 좋다)

연유 2큰술 / 빙수용 떡(마트에서 구매 가능)

1. 냉동실에 미리 그릇을 넣어 차갑게 해 둔다.
2. 빙수 기계나 블렌더, 또는 푸드 프로세서로 얼음을 갈아 눈처럼 포슬포슬한 질감으로 만든다.
3. 간 얼음 두 주걱을 그릇에 담는다.
4. 얼음 위로 단팥을 적당히 올린다.
5. 그 위에 잘게 썬 과일을 듬뿍 올린다!
6. 얼음과 과일과 팥 위로 연유 두 큰술을 골고루 뿌린다.
7. 고명으로 빙수용 떡 몇 개를 올린다.
8. 팥빙수는 더운 여름날 먹어야 최고. 녹기 전에 빨리 드시길!

2

허기를 달래는 된장찌개

냄새의 정체

"마야!"

이른 시간이었다. 아직 여름 방학이라 늦잠을 즐길 수 있었다. 개학이 코앞이라 이런 행복을 누릴 시간이 많지 않은데, 할머니는 그런 사정을 모르는 건지 모른 척하는 건지, 전혀 개의치 않았다.

"마야! 내려와서 밥 먹어."

마야가 정신을 차리고 일어나 방문을 열자, 집안 곳곳 퍼진 냄새가 코끝을 자극했다. 묘하게 궁금하게 만드는 냄새다. 마야는 비척비척 계단을 내려가 코가 이끄는 대로 부엌으로 들어갔다.

할머니가 뚝배기에서 폴폴 피어오르는 김을 맞으며 가스레인지 앞에 서 있었다. 어떻게 찾았는지 하나밖에 없는 앞치마를 마른 몸에 조여 맨 모습이었다. 기즈모는 부엌을 가득 채울 정도로 강렬한 냄새를 풍기는 음식의 정체에는 아랑곳없이 고개를 한껏 젖히고 한 입만 달라며 간절한 눈빛을 할머니에게 쏘고 있었다. 할머니가 몸을 돌려 또 한 번 소리치려다가 마야를 발견하고 웃음을 지었다.

"드디어 깼구나. 와서 앉아."

마야는 아직 잠이 덜 깬 얼굴로 의자에 털썩 앉았다. 뚝배기 밑에서 흔들리는 가스 불을 멍하니 보다가, 문득 가슴이 철렁 내려앉았다. 할머니 혼자서 가스레인지를 켠 건가? 마야는 엄마에게 이 일을 말해야 하나 순간 고민했다. 엄마는 할머니가 가스 불 근처에도 가지 못하게 하라고 늘 당부했다. 당장은 괜찮아 보여도 언제 갑자기 나빠질지 모른다고 했다. 맞는 말이다. 할머니는 날이 갈수록 예측할 수 없는 사람이 되어 가고 있으니까. 마야는 엄마가 오면 말해야겠다고 마음을 굳혔다. 그러고는 뚝배기 속에서 보글보글 끓고 있는 국물이 대체 뭔지 조심스레 물었다.

"할머니, 이 냄새 뭐예요? 뭐 끓이세요?"

"된장찌개. 몸에 좋은 재료가 다 들어 있어. 호박, 감자, 두부, 양파, 된장."

할머니가 한 입 후룩 맛보고는 입맛을 다시며 말했다.

"아침에 그걸 먹으라고요?"

마야는 코를 찡그리며 말했지만 뱃속은 배고프다고 아우성을 쳤다.

"당연히 아침으로 먹어야지. 그럼 아침에 뭘 먹니?"

할머니의 말에 마야가 어깨를 으쓱했다.

"평소엔 아침 잘 안 먹어요. 늦장 부리다가 지각할 때가 많거든요. 보통 베이글이나 도넛 하나 정도."

할머니가 못마땅한 듯 고개를 내저었다.

"아침밥도 안 먹고 빈속으로 어떻게 하루를 시작한다니? 학교에서 공부나 잘할 수 있겠어? 한국에서 아침은 점심이나 저녁과 다를 게 없어. 밥하고 국에다, 생선도 잘만 먹는걸. 몸에 좋은 음식으로 배를 채워야 하루를 든든하게 시작하지."

마야는 아침 메뉴로 생선은 더더욱 싫었지만, 먹는 문제로 실랑이하고 싶지 않아 말을 돌렸다.

"집에 된장찌개 재료가 있는 줄 몰랐어요."

"냉장고에 몇 가지 있었고, 없는 건 내가 마트 가서 사 왔어."

"마트요? 언제요? 혼자서요?"

마야가 눈을 동그랗게 뜨고 물었다. 할머니는 그런 마야를 무시하고 냄비 받침 위에 뚝배기를 올렸다.

"만지지 마. 뜨거워. 냉장고에서 김치 좀 꺼내 와."

그때 밥솥이 노래를 불렀다. 할머니가 서둘러 밥솥으로 가면서 어깨 너머로 외쳤다.

"김치! 숟가락! 젓가락!"

마야는 두 주 전에 할머니가 담가 놓은 커다란 김치통을 꺼내 왔다. 아침부터 김치를 먹을 수 있을지 모르겠지만, 강렬하고도 익숙한 김치 냄새가 코를 때리는 순간, 뱃속은 흥분하기 시작했다. 할머니가 국자로 찌개를 떠서 그릇 두 개에 나눠 담고, 그 중 하나를 마야 앞에 놓았다. 김치 그릇과 큰 밥그릇은 두 사람 사이에 놓았다.

"어서 먹자, 먹어."

할머니는 마야가 깨작거리며 먹는 걸 지켜 보다가 밥 몇 숟가락 크게 떠서 마야의 찌개 그릇에 말아 주었다. 두 사람 사이에 더는 말이 오가지 않았다. 어느덧 마야는 매운 듯하면서도 짭짤한 풍미가 느껴지는 된장찌개를 정신없이 퍼먹었다. 잇새로 뜨거운 김을 후후 불어 가며 흐물흐물해진 호박과 무를 맛있게 먹었다. 마음 깊은 곳 허기까지 채워지는 기분이었다. 매콤하게 잘 익은 배추김치가 어찌나 싱싱한지 아삭아삭 시원했다. 김칫국물까지 숟가락으로 떠먹느라 정신이 팔린 마야는 다른 건 까맣게 잊고 있었다.

문득 할머니의 차가운 손이 마야의 손목에 닿았다. 할머니는 다른 손으로 찌개 한 숟가락을 떠서 입으로 가져갔다. 할머니의 안경 위로 김이 서렸다. 첫입을 맛본 할머니가 마야를 보고 빙긋 웃었다. 그순간 마야의 뱃속이 요동치더니, 마야는 다시 과거 속으로 빨려 들어갔다.

특별한 능력

지난번처럼 무수한 냄새와 장면들이 한데 뒤섞여 눈앞을 스쳐갔다. 마야는 자신의 손목을 붙잡은 할머니의 손에만 집중하려고 안간힘을 썼다. 그러다 크게 숨을 들이마시는 순간, 발이 단단한 바닥에 닿더니 빙글빙글 돌아가던 세상이 멈췄다. 마야는 옆에서 후루룩, 하는 소리를 듣고는 정신을 차렸다. 할머니가 숟가락에 남은 된장찌개를 맛있게 먹는 소리였다. 할머니는 어떻게 저 국물을 조금도 안 흘리고 여기까지 왔을까?

마야는 주변을 천천히 둘러보았다. 마야가 서 있는 곳은 한국식 옛날 방이었다. 마야네 집에 비하면 방이 작고 가구가 간소했지만, 하나하나 멋스러운 데다가 나무랄 데 없이 깔끔했다. 한국화 몇 점과 족자가 벽을 장식하고 있었고, 화려한 금속 장식과 아름다운 무늬가 돋보이는 큰 반닫이 위에는 도자기 화병이 놓여 있었다. 방 한가운데 낮은 나무 밥상에는 김이 폴폴 나는 된장찌개 그릇과 작은 밥그릇과 반찬 그릇들이 다닥다닥 놓여 있었다. 밥상 앞에는 단발머리의 멀쑥한 여자아이와 한복 차림에 쪽머리를 한 중년 부인이 앉아 있었다.

마야가 노려보다시피 할머니를 쳐다보며 말했다.

“또예요? 이번엔 얘기 좀 해 주실래요, 대체 이 상황이 뭔지?”

“쉿, 들어 보자.”

마치 영화 속 배우들에게 집중하자는 말 같았다.

“현숙아, 너 왜 그랬니, 어?”

눈앞의 부인이 손으로 밥상을 탁, 하고 내리치는 바람에 수저와 그릇들이 달그락거렸다. 강철처럼 단호하고 날 선 목소리였다. 마야는 깜짝 놀라 저도 모르게 자세를 똑바로 했다. 현숙? 현숙은 할머니 이름인데. 가만히 보고 있자니 여자아이의 얼굴에서 할머니와 닮은 면이 보였다. 할머니한테도 저렇게 어린 시절이 있었다는 게 믿기질 않았다. 모르긴 해도 마야와 동갑쯤이 아닐까 싶었다.

'그러니까 이분이 내 증조할머니구나.'

그러고 보니 할머니의 눈과 입이 증조할머니를 빼닮았다. 증조할머니가 지금 할머니보다는 미간의 주름이 더 깊긴 했다. 몇 가지 유추해 본 결과, 마야는 지금 이 순간이 한국 전쟁이 끝난 지 오래되지 않은 1960년대라는 걸 알았다. 증조할머니는 마야가 상상할 수 없을 만큼 고된 삶을 살았던 분이다. 나라가 반으로 갈린 전쟁통 속에서 가족을 먹여 살리는 막중한 책임을 져야 했다. 마야는 경외하는 마음으로 증조할머니를 바라보았다.

현숙은 대답을 못 하고 안절부절한 채 줄곧 고개를 푹 숙여 어머니의 눈을 피했다. 설핏 보면 온순하고 순종적인 딸인 듯했지만, 밥상 아래 감춘 손은 주먹을 꽉 쥐고 있었다.

"네가 어떻게 이럴 수 있느냐?"

어머니의 분노가 계속되는 중에도 현숙은 침묵을 고집했다.

"네 나이가 몇이냐? 어른이 다 된 나이야. 부끄러운 줄은 아느냐? 그게 너를 얼마나 욕되게 하는지, 가족을 얼마나 욕보이는지 몰라?"

마야는 현숙을 유심히 들여다보았다. 왼쪽 눈 주위로 검푸른 멍자국이 보였고, 양 뺨과 팔에는 붉은 생채기가 선명했다.

현숙이 싸움을 한 것이다!

마야는 보고도 믿기지 않았다. 엄마라면 그럴 법도 하겠지만, 할머니가 저렇게 사나운 소녀였다는 게 상상이 되지 않았다.

"학교는 배우는 곳이지 장난치고 싸움박질하는 데가 아니야. 게다가 네 사촌은 너보다 다섯 달이나 언니인데 응당 대접을 해줘야지."

어머니의 계속되는 꾸중에 더는 가만히 있을 수 없는지 현숙이 폭발했다.

"순미 언니는 대접받을 자격이 없어요!"

현숙은 주먹으로 자기 다리를 탕탕 때리며 소리쳤다.

"나보고 괴물이래요! 어머니더러 괴물이래요! 어머니 때문에 외삼촌이 죽었대요! 우리 가족은 죄다 미치광이라서 모조리 정신병원에 가둬야 된댔어요. 제가 한 건 아무것도 아니에요. 더한 꼴을 당해도 싼 인간이라고요."

현숙은 말을 마구 쏟아 내고는 놀라서 제 입을 틀어막았다. 현숙의 어머니가 놀라 몸을 뒤로 젖히며 눈을 깜빡였다.

"무슨 소리냐? 무슨 일이 있었어? 사실대로 말해 보거라."

현숙이 입을 막았던 손을 내렸다. 양 볼이 새빨갰다.

"우리 모두 거짓말쟁이래요. 우리 능력이요. 순미 언니는 내 말을 믿지 않았어요. 그래서 내가 쏘아붙였어요. 언니네 식구에게 우리 식구 같은 능력이 없다고 해서 괜히 샘내지 말라고 그랬더니 언니가 먼저 날 때렸다고요!"

팽팽한 침묵이 흘렀다. 현숙이 눈물을 훔치며 코를 훌쩍이는 소리만 간간이 들렸다. 현숙의 어머니가 다시 입을 열었을 때는 앞서보다 부드럽고 슬픈 말투로 바뀌어 있었다.

"순미가 제 엄마하고 똑같구나. 네 이모 말이다. 성질이 고약하고 고집이 세. 우리 어머니의 능력을 자기가 아닌 나와 내 자식이 물려받은 걸 늘 억울해했어. 이젠 우리 능력이 몽땅 거짓이라고 애들에게 가르치고 있나 보다. 그런 건 세상에 없다고. 하지만 아무리 그래도 네가 순미와 싸운 일은 변명의 여지가 없어. 상대가 누구든 싸우는 건 나쁜 거야."

어머니에게서 눈을 떼지 않고 듣던 현숙의 얼굴에서 조금씩 분노가 걷히고 있었다.

"지금부터는 말하지 말거라. 친구든 사촌이든 그 누구에게든. 아무도 이해 못 할 테니까. 우리가 하는 일은 몹시 위험할 수 있어."

어머니를 바라보는 현숙의 두 눈동자에는 묻지 못한 질문이 가득 담겨 있었다. 어머니는 그 마음을 읽은 듯 담담히 말했다.

"나는 내 사촌을 죽이지 않았어. 그런 거짓말을 믿을 정도로 네가 어리석지 않기를 바란다."

현숙은 어머니를 향해 공손히 고개를 숙였다.

"그렇더라도 그 아이가 사라진 데에는 내 책임이 있다."

현숙의 눈이 휘둥그레졌다. 어머니가 그런 현숙의 손을 붙잡고 다정하면서도 단호한 목소리로 말했다.

"현숙아, 내 말 잘 들어. 부디 나 같은 실수를 하면 안 돼. 잘못인 줄 알면서도 괜한 자만심이 우리를 부추기기도 하거든. 내가 너에게 시간 여행을 처음 가르쳐 줄 때 했던 말 기억하니? 그때 내가 신신당부하지 않던? 무슨 일이 있어도 미래로 가서는 안 된다고."

"네. 과거는 하나뿐이지만, 미래는 결코 한 길만 있는 게 아니라고 하셨어요."

"맞아. 현재에 내린 결정 하나가 완전히 다른 미래를 만들어 낼 수 있어. 미래는 가능성이 무한한 법이다."

"그렇다면 인연이라는 건요?"

인연. 다시 그 말이 등장했다. 마야는 그 말을 일기장에 적어 두었었다. 현숙의 어머니가 말했다.

"스쳐 지나가는 순간조차도 운명의 한 부분으로 단단히 연결되어 있는 법이지. 허나 모두의 미래가 똑같이 결정된다는 소리는 아니야. 그렇게 운명지어지는 건 지극히 드문 일이지. 생각해 보거라. 과거로의 시간 여행에서는 너는 손님이야. 이미 벌어진 일이라 너는 그걸 바꿀 수 없어. 하지만 미래로 가는 시간 여행은 달라. 네가 모든 것을 바꾸는 셈이야. 너는 하나의 길을 선택하는 것이고, 선택한 다음에는 그 길에서 벗어날 수 없어. 되돌릴 수 없다고. 왜냐하면 그 미래가 너의 현재가 돼 버리는 셈이니까. 무슨 말인지 알겠니?"

현숙은 무겁게 고개를 끄덕였다.

"내 사촌의 실종도 그 때문이었어. 우리는 어린 데다 철이 없었어. 끊임없이 우리의 능력을 시험했지. 가족들이 말했어. 우리가 가까운 몇 세대 중에서는 가장 강력한 시간 여행자들이라고. 그래서 우리는 자신감이 넘쳤던 거야. 그러다 어느 날 내가 겁도 없이 사촌에게 미래로 가 보라고 부추긴 거야."

"그래서 어떻게 됐는데요?"

"끝내 돌아오질 못했어. 사촌 아이는 시간 속에서 길을 잃었지. 어느 곳에서 어떤 시간대를 헤매고 있는지 나는 알지 못해."

현숙 어머니의 미간 주름이 더욱 깊어졌다.

"그런 어리석은 도전을 부추기다니, 오만했지. 다시 시간을 되돌려 보려고 했지만, 불가능했어. 나중에 알았어. 윗세대 조상 중에도 그렇게 시간 속을 헤매게 된 이들이 있었다는 걸. 그들 역시 다시는 돌아올 수 없었다더구나. 그러니 다음번에 순미가 또 그러거든 무시하거라. 화도 내지 말고, 너무 자만하지도 말란 소리야. 이제 마저 밥 먹어라."

현숙은 숟가락으로 찌개를 떴다. 눈은 퉁퉁 부었지만 새롭게 힘을 얻은 듯 보였다. 현숙의 어머니가 그런 딸을 가만히 바라보았다. 눈앞에서 펼쳐지는 자신의 과거를 지켜보는 할머니의 안타까우면서도 구슬픈 표정과 같았다.

마야는 문득 궁금해졌다. 할머니는 도대체 이 장면을 몇 번이나 본 걸까. 세상을 뜬 지 오래인 가족과 함께했던 시간을 되돌려 보면 이별의 아픔이 덜어지나? 오히려 더 고통스럽지 않을까?

"시간 됐다."

할머니가 마야의 손을 붙잡고 말했다. 마야는 처음과 달리 차분히 숨을 내쉬며 기다렸다. 주변이 흐릿해지며 다시 익숙한 군밤 냄새가 허공을 가득 채웠다.

"그릇 이리 줘. 할머니가 찌개 다시 데워 줄게."

마야는 그런 할머니를 멈춰 세운 뒤 자리에 앉혔다. 그러고는 여위고 주름진 할머니의 손을 가볍게 쥐며 차분한 목소리로 물었다.

"할머니, 저 더 안 먹어도 돼요. 그보다, 알려 주세요. 무슨 일이 일어난 거예요?"

할머니가 마야를 쳐다보았다. 한참 동안 아무 말이 없었다. 그새 두 사람에게 일어난 일을 잊은 건가 싶어 마야가 실망하고 있을 때, 할머니가 또렷하면서도 흔들림 없는 목소리로 말했다.

"나에겐 어머니에게 물려받은 두 가지 특별한 재능이 있어. 첫 번째 재능은 요리야. 요리 실력으론 나를 이길 사람이 없잖니? 내 요리를 한 번이라도 맛본 사람이라면 다른 음식은 성에도 안 차지. 아무리 복잡한 한식도 뭐든 만들 수 있고, 최고의 식재료를 찾는 것도 타고났어."

할머니의 재능 중에 겸손은 없었다. 마야가 물었다.

"그럼 두 번째 재능은요?"

"첫 번째 재능을 이용해 '기억을 되살릴 수 있다'는 거야."

할머니는 잠시 머뭇거리다 고개를 흔들었다.

"아니다. '과거의 순간들로 되돌아갈 수 있다'는 말이 맞겠다. 내가 만든 요리는 냄새와 맛으로 깊이 묻어 둔 옛 기억을 깨울 수 있거든."

할머니는 손가락으로 머리를 톡톡 치더니, 손을 가슴에 얹고 말을 이었다.

"기억의 순간, 그날과 그 시간으로 발걸음을 옮길 수가 있지."

"그러니까, 시간 여행 말씀이세요?"

"비슷하지만 조금 달라. 어떤 순간으로 가면 당시 사람들과 있었던 일을 볼 수 있어. 하지만 그 순간의 일원이 될 수는 없단다. 오로지 지켜보는 것만 가능해. 뭐랄까, 그 순간의 관객이 된달까……."

할머니는 머릿속에 맴도는 말을 잡으려는 듯 잠시 뜸을 들였다.

"영화관이요?"

마야가 대신 말했다. 조금 전 여행에서 할머니가 마야를 조용히 시킬 때, 마치 영화관에 온 기분이 들었기 때문이다.

"그래, 바로 그거야. 그러니까 영화를 볼 때처럼 영화 속 배우들에게 말을 걸 수도, 사건에 개입할 수도 없어."

"알겠어요. 그렇지만 그건 엄밀히 따지면 과거 속으로 가는 게 아니잖아요. 볼 수만 있지 아무것도 할 수 없으니까요."

"내가 설명을 잘못했나 보구나. 우리 어머니는 나에게 훨씬 잘 알아듣게 말씀해 주셨건만. 다시 설명해 보마. 공책하고 펜 하나만 줘 봐. 그림으로 보여 줄게."

마야는 일기장의 빈 쪽을 펼쳐 할머니 앞으로 내밀었다. 할머니가 위에서 내려다본 건물의 내부를 그리기 시작했다. 길게 뻗은 복도를 그렸고, 그 복도를 따라 일정한 간격으로 문을 그렸다. 문은 각각 큰 방으로 이어졌다.

"과거로의 여행을 멀티플렉스 영화관에 들어가는 거라고 생각해 보자."

할머니의 말에 마야는 고개를 끄덕였다.

"과거 속 순간은 제각각 하나의 영화인 셈이지. 우리는 어떤 관으로 들어갈지 선택하고 거기서 상영 중인 영화를 보는 거고."

할머니가 그림 속 영화관 하나에 조그맣게 팥빙수를 그렸고, 다른 관에는 된장찌개를 그렸다.

"그러니까, 내가 기억 속 음식을 요리하면 그 음식이 있던 기억 속 과거를 영화처럼 볼 수 있다고. 이 문 뒤는 팥빙수 영화, 여기 다른 문 뒤는 된장찌개 영화. 알겠니?"

마야는 천천히 고개를 끄덕였다. 할머니가 이어 말했다.

"대신 우리는 구경만 할 수 있어. 우리가 영화의 줄거리를 바꾸지 못하잖아? 이미 촬영이 끝났으니까. 이해 가?"

"알 것도 같아요."

사실 할머니의 이야기를 받아들이기까지는 시간이 더 필요했다. 그나마 영화관 비유 덕분에 조금은 이해할 수 있었다.

"할머니 말고 또 누가 재능을 물려받았죠? 엄마인가요?"

"흠, 재능이라는 게 말이지, 같은 핏줄이라도 다 물려받는 건 아니야. 누가 그런 재능을 갖게 될지는 몰라."

"할아버지는요? 할아버지가 아셨어요?"

"이건 아무리 가까운 사이라도 말할 수 있는 게 아니야. 내가 어릴 적 순미하고 무슨 일이 있었는지 너도 봤잖아. 순미와 둘도 없는 사이였는데, 그 사건 이후로 절교하다시피 했어. 사실 이런 얘길 누가 믿겠니?"

할머니가 일기장을 덮고 비틀거리며 몸을 일으켰다.

"세상엔 말해서는 안 되는 것들이 있지. 모르는 게 약일 수도 있어."

마야가 끈질기게 물었다.

"그럼, 정말 그 후로 아무한테도 말하지 않으셨어요? 엄마한테도요?"

엄마와 할머니 사이가 좋지 않은 것도 무리는 아니었다. 두 사람 사이에는 거대한 비밀의 골짜기가 자리하고 있었으니까. 이렇게 엄청난 비밀을 그토록 오랫동안 간직하고 사셨다니, 마야로서는 상상하기 힘든 일이었다.

"지금 너한테 말하잖니."

할머니는 빙그레 웃고는 마야의 볼을 어루만졌다.

"이제 가서 수저 놔라. 내가 푸짐하게 한 상 차려 줄 테니. 요즘은 너희 식구들이 밥 먹으러 자주 들르지 못하잖니."

"방금 아침 먹었잖아요. 기억 안 나세요? 된장찌개 먹은 거?"

마야가 식탁 위의 식어 버린 그릇들을 가리켜 보였다. 할머니가 멍하니 마야를 쳐다보다가 싱크대로 눈을 돌렸다. 할머니의 미간에 주름이 깊게 패며 입꼬리가 축 처졌다. 조금 전 과거에서 보았던 할머니의 엄마와 꼭 닮아 보였다.

"안다, 알아. 기억하다마다. 피곤해서 그래. 좀 쉬어야겠다. 치우는 건 네가 할 수 있지?"

마야는 그동안 너무나 궁금했던 비밀을 알게 되었다는 것이 은근히 짜릿하고 신나서 소리라도 지르고 싶은 걸 간신히 참았다. 할머니에게 한국의 가족에 관해 더 묻고 싶은 마음이 간절했다. 엄마는 엄마의 할머니와 친했을까? 엄마도, 엄마의 할머니도 아주 강하고 의지가 다부진 여자들인 것 같았다.

마야는 저절로 웃음이 났다. 이제 엄마와 할머니 말고 또 다른 가족과 연결고리가 생겼다.

할머니의 된장찌개

· 마야의 구체적인 계량법을 더함! ·

육수 3컵 / 된장 1~2큰술

애호박 1/2개 깍둑 썬 것 / 감자 1개 깍둑 썬 것 / 양파 1/2개 깍둑 썬 것

두부 1/2모 썬 것 / 마늘 3개 다진 것

1. 멸치나 코인 육수를 넣고 끓여 육수를 만든다.
2. 채소들을 썬다.
3. 육수에 마늘을 넣고 한 소끔 끓인다.
4. 된장을 풀어 넣는다.
5. 채소들을 넣는다. (취향에 따라 고기나 버섯을 넣어도 좋아요!)
6. 채소들이 다 익을 때쯤 두부를 넣고 마저 끓인다.
7. 밥, 김치와 함께 후후, 불어 가며 맛있게 먹는다!

3

따끈한 생일 미역국

조별 과제

된장찌개 여행을 다녀오고 얼마 지나지 않아 7학년이 시작되었다. 벌써부터 이전 학년들과는 비교도 안 되게 힘들었다. 첫날부터 산더미 같은 숙제에 혼이 나갈 지경이라서 할머니와 다시 시간 여행할 틈을 만들 수도 없었다. 없었다. 게다가 페얼리 선생님까지 한몫 거들었다. 선생님은 앞으로 진행할 조별 과제를 최종 성적의 50퍼센트까지 반영하겠다고 했는데, 이건 거의 한 학기를 꼬박 투자해야 하는 대형 프로젝트였다. 불만에 찬 아이들의 목소리를 덮으며 선생님이 말했다.

"네 명씩 조를 만들어요. 20세기 중에 한 해를 골라 그해에 일어난 주요 사건으로 잡지 한 권을 만드세요. 분량은 최소 30쪽입니다. 학년말에 완성한 잡지를 바탕으로 15분간 발표하면 돼요. 팀을 찾지 못한 사람이 있으면 선생님이 만들어 줄게요."

마야는 곧장 자다를 바라보았고, 자다가 고개를 끄덕였다. 반 아이들도 저마다 짝을 찾았다. 데이비드는 같은 팀이 되고 싶어 안달 난 여자애들 무리에 둘러싸여 있었다. 마야는 데이비드와 한 조가 되기를 포기하고 다시 자다를 보았다. 자다는 마야의 마음을 안다는 듯 씨익 웃었다.

"또 누가 있을까?"

데이비드 때문에 또 다시 자다의 놀림감이 되기 싫어서 마야가 선수를 치고는 두리번거리다가 이지와 눈이 마주쳤다. 이지는 단짝 엠마와 나란히 앉아 있었다. 마야는 자다가 엠마를 좋아한다는 걸 알고 있었다. 이번 프로젝트는 자다가 엠마와 더 가까워질 수 있는 찬스였다. 이지가 마야와 자다에게 가까이 오라고 손짓했다. 남은 시간 동안은 조별로 모여 계획을 짰다. 이지는 곧바로 리더를 자처하고 나섰다.

"기획하고 편집은 내가 맡을게. 조사하고 글 쓰는 일은 자다와 엠마, 너희가 맡으면 좋겠어."

"좋아."

엠마가 이지의 의견에 동의했다. 자다는 "그래" 하며 어깨를 으쓱해 보였다. 마야는 자다가 괜히 쿨한 척하는 걸 눈치챘다. 자다의 두 볼이 살짝 붉어져 있었다.

"그리고 마야, 넌 무조건 그래픽 담당이야. 일러스트도 그려야 하고. 우리 셋은 그림이라곤 막대 인간밖에 못 그리잖아."

집으로 돌아온 마야는 부엌에 나와 있는 할머니를 보고 깜짝 놀랐다. 낮잠을 자야 할 시간에 할머니는 김이 모락모락 나는 국그릇을 들고 마야를 반겼다.

"마야, 앉아 봐. 이거 먹어 보렴."

할머니가 마야 앞으로 그릇과 숟가락을 내밀었다.

"지금요? 이게 뭔데요?"

할머니가 국 한 그릇을 더 뜨고는 김이 폴폴 나는 갓 지은 밥을 크게 퍼서 두 개의 국그릇에 말았다.

"아주 특별한 국이야. 생일 미역국. 한국에선 생일에 미역국을 먹거든."

"생일에 왜 미역국을 먹어요?"

할머니가 한숨을 내쉬었다.

"네가 어릴 적 기억이 거의 없다는 걸 내가 깜빡했구나. 미역은 피를 만들고 나쁜 독소를 몸 밖으로 내보내는 해초야. 아기를 낳은 후에 산모들이 회복을 위해 먹는단다. 그래서 생일 국이라는 거지. 생일마다 미역국을 먹으면서 나를 세상에 있게 한 어머니에게 감사하는 마음을 갖는 거야."

마야는 진초록색 미역이 가득 든 국에 코를 가까이 대고 냄새를 한껏 들이마셨다. 할머니가 재촉했다.

"따뜻할 때 어서 먹어."

마야는 초밥 레스토랑에서 캘리포니아 롤과 오이 롤에 곁들여 나오는 해초 샐러드를 먹어 본 적이 있었다. 그런데 그건 오독오독할 뿐 해초 자체의 맛은 크게 느껴지지 않았다. 하지만 미역은 달랐다. 부드러운 미역이 뜨겁고 짭짤한 국물과 함께 입속에서 스르륵 녹는 것만 같았다. 따뜻한 바다가 입안을 가득 채우며 그 온기가 온몸을 타고 퍼져 나갔다.

순식간에 국그릇을 비운 마야는 할머니에게 한 그릇 더 달라고 했다. 기다리는 동안 마야는 엄마 생각이 났다. 한국 문화를 잘 모르는 게 엄마 탓인 것 같아 조금 억울했지만, 누구보다 열심히 일하는 엄마에게 불만을 품는 게 미안하기도 했다. 엄마가 그렇게까지 일하는 이유는 마야가 원하고 필요한 것들을 해 주기 위해서니까.

잔칫날

마야가 두 번째 그릇을 비우려던 찰나, 할머니가 다시 마야의 손을 잡았다. 이제 닥칠 일을 아는 마야는 재빨리 배낭에서 새 스케치북을 꺼내 챙겼다. 벌써 세 번째 시간 여행의 롤러코스터에 오르는 만큼, 무섭기만 했던 감정은 흥분으로 바뀌어 있었다. 할머니가 손을 꽉 쥐고 자신을 과거로 끌고 들어갈 때도, 할머니와 함께 대형 연회장에 내려앉을 때도 마야는 겁내지 않았다. 전보다 더 젊은 모습의 할머니와 할아버지를 보고도 놀라지 않았고, 심지어 한 번도 본 적 없는 친척들도 왠지 낯설지 않았다. 지극히 사적이고 줄거리조차 없지만, 특별한 영화 한 편을 보는 거라고 생각하니 한결 마음이 편안했다.

"내 아버지의 생신 잔칫날이야. 예순 번째 생신. 환갑이라고 해. 아주 특별한 날이라 가족과 친지들이 모여 큰 잔치를 벌이지. 이 날에는 장수를 상징하고 건강을 가져다준다는 온갖 먹거리가 총출동해. 생일이니만큼 미역국도 빠지면 섭섭하지!"

마야는 시끌벅적한 행사를 좋아하지 않았지만, 지금은 달랐다. 환갑잔치에 온 사람들은 마야가 무척이나 궁금했던 자신의 한 부분이니까.

사람들은 흥겨운 분위기에 너나 할 것 없이 들떠 있었다. 마야는 누구의 간섭도 없이 함께할 수 있는 점이 마음에 들었다. 복닥거리는 사람들 속에서 시끌벅적한 소리를 뚫고 예의를 갖춰 인사할 필요도 없고, 옷차림이며 자세, 심지어 먹는 양까지 뭐라 하는 잔소리를 들을 일도 없었다.

마야는 사람들 속에 섞여 있는 젊은 할머니와 할아버지에게서 눈을 떼지 못했다. 20대 후반 정도 됐으려나! 할머니와 할아버지도 서로에게서 눈을 떼지 못하고 있었다. 행복해 보였다. 다른 친척들도 하나같이 새로운 화젯거리를 꺼내고, 때로는 고리타분한 농담까지 곁들이며 웃음을 짓고 폭소를 터뜨렸다. 마야는 이런 행복한 순간이 사라지지 않기를 바라다가 문득 그게 가능하단 걸

깨닫고 웃음을 지었다. 할머니와 미역국만 있으면 어느 때고 이 순간으로 올 수 있으니까.

"어떠냐, 참 좋아 보이지?"

할머니가 마야의 어깨에 살짝 손을 올리며 말했다.

"내게 저런 젊은 날이 있었다고 생각 못 했지? 쭈글쭈글한 얼굴이랑 흰머리를 보고 그걸 생각하긴 어려울 테지."

할머니가 젊은 날의 자신과 할아버지 쪽을 다시 보더니, 한숨을 내쉬며 덧붙였다.

"나 역시 저때가 아득하구나."

"그런데 할머니는 왜 한복을 입고 계세요?"

현숙은 소박하지만 잘 지은 담청색 한복을 입고 있었다. 짧은 저고리 위로 옷고름을 맸고, 치마는 폭이 넓고 길었다. 반면 헤어스타일과 화장은 1970년대에 맞는 모습이었다. 머리를 위쪽으로 높이 묶어 올렸고, 눈꼬리를 아이라이너로 길게 뺐다.

"할머니 한복이 아주 멋져요. 그런데 여기 있는 다른 분들은 현대식 옷을 입었잖아요."

현숙의 옆자리에 앉은 영수도 몸에 잘 맞는 검은색 양복에 얇은 넥타이를 매고 있었다. 할머니가 말했다.

"특별한 날, 가까운 친척은 한복을 입었거든. 저 시절에 남자들은 한복 대신 양복을 입기 시작했고. 이날 얼마나 잘 먹었는지 기분이 좋았던 기억이 나네. 갈비찜이 얼마나 당기던지."

뼈에 붙은 살이 저절로 떨어질 정도로 푹 삶아 부들부들하고 맛 좋은 갈비찜을 떠올리자, 마야는 절로 군침이 돌았다. 소고기와 같이 뭉근히 끓이는 당근이며 양파, 버섯에서 국물이 베어 나와 갈비찜의 풍미를 북돋는다.

"저도 갈비찜 좋아해요. 그런데 못 먹은 지 한참 됐어요."

할머니가 빙그레 웃었다.

"안다. 조만간 만드는 법을 알려 줄게. 그리 어렵지 않아. 시간이 걸려서 그렇지."

"맛있겠다! 그런데 이번엔 왜 여기 온 거예요? 저한테 뭘 보여주고 싶으세요?"

"난 잔치가 좋아. 잔치 음식도 좋고. 너도 좋아할 것 같았어. 혹시 아니? 네가 재밌는 걸 발견하게 될지. 그림으로 그리고 싶은 순간들 말이야."

할머니는 마야가 질색하는 짓궂은 표정을 지었다. 뭔가 꿍꿍이가 있든지, 숨기는 게 있을 때 지어 보이는 표정이었다. 이럴땐 물어봐야 소용없었다. 물어볼수록 할머니의 입은 굳게 닫히니까. 대신 마야는 예전부터 궁금했던 다른 화제를 꺼내 보기로 했다.

"할머니, 혹시 저희 아빠와 관련해 기억나는 음식은 없으세요? 젊었을 때 아빠를 볼 방법은요?"

할머니의 얼굴에서 웃음기가 가셨다.

"없다. 지금은 아니야. 적당한 때라는 게 있어."

"그게 언젠데요?"

"흠, 근데 넌 왜 시간을 허비하고 있니?"

할머니가 마야를 앞으로 살짝 밀었다.

"시간 여행에서 그림을 그리면 좋겠다며. 지금이 그때다. 어서 가거라."

앙다문 입술로 보아 당장은 그 어떤 정보도 얻을 가망이 없었다. 하지만 한편으로는 할머니 말이 옳았다. 마야는 시간 여행에서 그림을 그릴 기회가 생기길 바랐다. 탑처럼 쌓은 음식이 줄줄이 놓인 탁자, 한국의 전통 의상과 70년대풍 의상을 입은 사람들, 연회장 곳곳에 걸린 장식과 현수막들. 그릴 것이 너무 많았다.

"이곳에서의 시간을 즐겨야지. 오늘은 그야말로 큰 잔칫날이야. 좋은 사람도 많고, 먹을거리도 많고."

마야는 지켜보기 좋은 자리를 찾아 연회장 안을 둘러보았다.

"좀 돌아다니면서 살펴봐도 돼요? 혼자 계셔도 괜찮으시겠어요?"

진짜 잔치였다면 마야는 할머니 혼자 두지 않을 것이다. 하지만 지금 두 사람은 보이지 않는 존재기에 걱정할 일이 없을 것 같았다.

"물론이지. 재미있게 놀다 와."

할머니가 마야 등을 떠밀며 한마디를 더했다.

"시간이 되면 내가 널 찾으마. 그래도 너무 멀리 가지는 마."

"어떻게 절 찾아요?"

"반바지에 샌들 신은 사람이 너밖에 더 있니?"

마야가 자신의 옷차림을 내려다보고 생긋 웃었다.

초대받지 않은 손님

집안은 사람들의 열기로 가득했다. 누구라도 떠나기 싫고, 누구라도 기억할 그런 잔칫날이었다.

마야는 사람들 사이를 요리조리 헤치며 눈에 보이는 얼굴들을 빠르게 그림으로 옮기고 있었다. 모인 사람 중에는 할머니처럼 반달눈썹과 두꺼운 입술을 가진 이들이 많았다. 그러다 문득 이상한 기분이 들어 손을 멈추었다. 어떤 아이가 꼼짝도 않은 채 자신을 지켜보고 있었다. 또래이거나 한두 살쯤 많은 사내아이였다. 흐트러진 검은 머리칼 사이로 툭 튀어나온 귀가 유난히 눈에 띄었고, 짙고 곧은 눈썹이 진지한 인상을 풍겼다. 마야와 눈이 마주치자 아이는 씩 웃더니 마야 쪽을 향해 손을 살짝 흔들었다.

마야 주변에 서너 명의 과거 사람이 있었지만, 그들 눈에는 이 아이가 보이지 않는 것 같았다.

마야는 사내아이 쪽으로 다가갔다. 아이 역시 마야와 마찬가지로 복장이 여기 사람들과 달랐다. 반바지와 '이건 볼륨이 11까지 올라가[1]'라는 글귀가 적힌 티셔츠를 입고, 새하얀 운동화를 신고 있었다.

만약 데이비드였다면 가까이 갈 엄두도 내지 못했을 텐데, 이 남자애는 어딘가 멍해 보이면서도 이상하게 편안한 기운이 느껴졌다. 마야는 어색하게 인사를 건넸다.

"안녕."

"안녕!"

마야는 말을 빙빙 돌리는 부류와는 거리가 멀다. 그런 점은 엄마를 닮았다. 마야는 본론으로 직행했다.

"너 나 보여?"

사내아이가 잠시 멈칫했다가, 웃으며 말했다.

"우리 인사했잖아, 아니야? 넌 보이지 않는 사람한테도 인사할 수 있어?"

1 1984년에 개봉한 〈이것이 스파이널 탭이다(This Is Spinal Tap, 1984년)〉라는 영화에 등장하는 대사.

농담인지 놀림인지 모를 말투였다. 언짢아진 마야는 고개를 갸웃하며 쏘아붙였다.

"난 그런 대답 질색이야. 그냥 답하면 될 걸 물어 본 사람을 바보로 만들 게 뭐람?"

사내아이의 눈이 휘둥그레지고 덥수룩한 앞머리 속으로 눈썹이 사라졌다.

"오해야, 그럴 생각은 없었어."

마야가 말을 잘랐다.

"내가 물어본 게 잘못이야? 난 이 세계는 초보지만, 여기서는 아무도 나를 볼 수 없다는 것 정도는 알아. 물론 우리 할머니는 예외고. 그런데 넌 나를 보잖아! 궁금한게 당연하잖아. 넌 누구야? 왜 내 차원 속으로 허락도 없이 들어온 거야?"

"난 단지 잔치를 보러 왔을 뿐이야. 너도 알다시피 먹을 수는 없지만, 이집 음식 맛이 끝내준다는 소문을 들었거든. 그런데 너 말이야. 네가 내 차원에 무단 침입했을 거라는 생각은 안 해 봤어?"

여전히 웃음을 머금은 얼굴로 사내아이가 말했다. 마야는 멈칫했다. 일리가 있는 말이었다. 마야는 아직 할머니의 시간 여행에 대해 제대로 알지 못했다. 그러니 다른 누군가의 차원과 섞일 가능성이 없다고는 할 수 없었다. 뭐라 대답해야 할지 몰라 마야는 입을 다물었다. 둘은 잠시 침묵한 채 서로를 재듯 바라보았다.

마침내 사내아이가 크게 숨을 들이마시더니, 한 손을 내밀었다.

"자, 다시 인사하자. 안녕, 난 제프야."

마야가 제프의 손을 맞잡으며 말했다.

"난 마야."

"누가 너희 할머니야?"

제프는 사람들을 눈으로 훑었다.

"저기 젊은 분. 또 저기 나이 든 분. 넌 어디서 왔어?"

"워싱턴 디시 부근."

"어떻게 여기에 왔어?"

"너하고 같은 방법으로 왔을걸."

"어떻게? 이날이 네 기억일 리 없잖아. 넌 내 또래잖아. 난 2019년에서 왔어."

"똑같네."

"넌 어떻게 여기에 올 수 있는 거야?"

"글쎄, 난 좀 특별하거든."

"장난하지 말고 진짜로 말해 봐."

"그건 나만 아는 비밀인데, 네가 정중하게 물어본다면 말해 줄 수도 있지."

제프가 팔짱을 끼고 몸을 살짝 까딱이며 말했다. 마야는 눈을 치떴다.

이 녀석, 끊임없이 농담을 던지고 남을 놀리는 재미로 사는 부류일까? 한순간 장난기로 관심을 끌다가, 다음 순간 할퀴고 깨물어서 상대를 화나게 만드는 강아지 같았다. 목줄에 '제프'라는 이름표를 달고 커다란 귀를 펄럭이며 한시도 가만히 있지 못하는 골든리트리버가 떠올랐다.

"좋아. 정중하게 물을게. 네 특별함과 비밀이 뭔지 말해 주겠니?"

"들어 본 중에 최고로 정중한 요청은 아니지만, 너로선 최선인 것 같네. 나는 말이지, 내 기억과 상관없는 시간과 장소로도 갈 수 있어. 하나 더 말해 주자면 난 너 말고도 우리 같은 시간 여행자를 여럿 알아."

마야의 입이 떡 벌어졌다.

"뭐? 시간 여행자? 아니 어떻게?"

할머니는 시간 여행을 할 수 있는 능력이 오직 마야네 집안에만 내려오는 것처럼 이야기했다. 할머니가 말하지 않은 또 다른 비밀이 있는 걸까? 다른 사람의 기억 속으로도 시간 여행할 수 있는 방법을 알 수만 있다면 아빠와의 기억이 없어도 아빠를 만날 수 있을 거라는 기대가 일었다. 그런데 그때 할머니가 큰 소리로 마야를 불렀다.

"마야, 돌아갈 시간이야!"

제프가 말했다.

“다음번에는 내가 널 찾을게. 소풍 가기 좋은 날이 될 거야.”

마야가 되물었다.

“소풍?”

“넌 내가 한 말 따라 하는 거 말고 다른 말은 할 줄 몰라?”

제프가 깔깔거리며 뒷걸음질 쳐 사람들 속으로 사라졌다.

마야는 급히 할머니에게 뛰어갔다. 할머니가 마야의 손목을 감싸 쥐며 말했다.

“여긴 행복이 넘치는구나. 내 인생 최고의 순간 중 하나였어.”

현재로 돌아가기 직전 마야가 본 마지막 장면은 제프의 웃음 띤 얼굴과 머그잔 손잡이처럼 머리칼 사이로 툭 튀어나온 우스꽝스러운 귀였다.

“마야, 거기서 뭐 해?”

차고에 주차하던 엄마가 차창 밖으로 고개를 빼고 물었다. 먼지가 풀풀 나는 상자를 뒤지던 마야가 엄마를 쳐다보다가 재채기를 했다.

“옛날 사진 좀 찾느라, 프로젝트에 쓰려고요.”

거짓말이라고는 할 수 없었다. 학교에서 하는 프로젝트가 아닐 뿐. 시간 여행 연구용으로 쓸 사진이니까. 생신 잔치에 다녀온 기억이 아직 생생할 때 사진을 찾아 그곳에서 봤던 얼굴들과 맞춰 보고 싶었다. 그런데 보이는 거라고는 어릴 적 장난감들과 작아진 옷과 신발, 고장 난 가전제품이 전부였다.

"그 구닥다리들 뒤져 봐야 소용없어. 옛날 사진 같은 건 하나도 없어. 물난리 났을 때 다 못 쓰게 됐다고 했잖아."

이 집에서 엄마와 오래 살았지만 그동안 물난리가 난 적은 없었다. 마야는 의아해하며 다시 잡동사니를 뒤졌다. 할머니가 옛날 결혼 사진을 찾아낸 것처럼 다른 사진들도 어딘가에 남아 있을지 모를 일이었다. 마야가 재채기를 하며 말했다.

"그래도 어쩌면 멀쩡한 사진이 남아 있을지도 모르잖아요."

"아무것도 없다니까. 괜히 먼지만 뒤집어쓰고 알레르기만 심해져. 해 지기 전에 할머니랑 기즈모랑 산책이나 다녀오자. 오는 길에 아이스크림도 사 먹고."

"좋아요!"

마야는 옷에 붙은 먼지를 털어 내고 기즈모를 데리러 후다닥 집안으로 달려갔다. 더 찾아봐야겠지만, 꼭 지금이 아니어도 괜찮다. 아이스크림 나들이라는 달콤한 제안을 거부할 수는 없으니까.

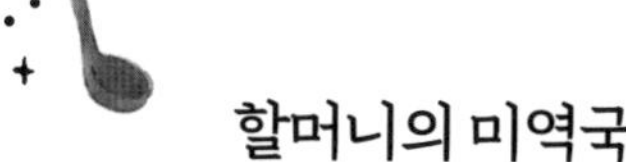

할머니의 미역국

· 마야의 구체적인 계량법을 더함! ·

미역 15그램 / 참기름 1~2큰술 / 소고기 잘게 잘라 150그램
다진 마늘 1큰술 / 국간장 4큰술
물 5컵+미역 불림용 물 / 입맛에 따라 소금 약간

국간장은 진간장과는 다르며 한인 마트에서 살 수 있다. 진간장보다 더 짜고 풍미가 강하며 색은 연하다. 진간장을 쓰면 맛이 달아지고, 소금을 더 넣어 간을 맞춰야 할 수도 있다.

1. 미역을 찬물에 한 시간 불린다. 불린 미역은 물에 헹군 뒤 물기를 빼 손가락 마디 크기로 자른다.
2. 큰 냄비 바닥에 참기름을 두른다.
3. 중불로 맞춘 뒤 냄비에 소고기, 마늘을 넣고 소고기가 익을 때까지 뒤적인다.
4. 미역과 국간장을 넣는다.
5. 미역에 간이 밸 때까지 뒤적인다.
6. 물 5컵을 붓고 팔팔 끓인다.
7. 미역이 부드러워질 때까지 중불로 20분 더 끓인다.
8. 맛을 보고 싱거우면 소금으로 간을 맞춘다.
9. 미역국은 영양가가 풍부하다. 건강식으로 먹거나 생일날 먹는다!

4

피라미드 소풍 김밥

돌돌 김밥 말기

이튿날 아침, 자다가 학원 가는 길에 마야네 집에 들렀다. 한참 동안 엠마가 얼마나 재미있고 좋은 친구인지 신나게 이야기하더니, 곧 이지에 대한 불만을 털어놓았다.

"너 조별 과제 회의 또 빠졌잖아. 이지가 난리도 아니었어."

"내가 안 갔었나?"

마야가 오후에 한인 마트에서 장 본 식료품을 꺼내 놓기 시작하자, 자다가 조리대에 덤빌 듯이 몸을 붙이며 물었다.

"안 왔잖아, 너 요새 무슨 일 있어?"

"아니."

마야가 재빨리 고개를 저으며 시치미를 뗐다. 자다가 손가락으로 자기 턱을 톡톡 치며 마야를 이리저리 살폈다. 마야는 괜스레 긴장됐다. 자다에게는 비밀을 털어놓게 만드는 희한한 재주가 있다. 마치 영혼을 꿰뚫어 보는 것 같달까. 자다는 엄마한테 배운 기술이랬다. 자기도 모르게 엄마한테 비밀을 실토하며 살다 보니 저절로 터득하게 됐다나. 마야는 냉장고에 식료품을 집어넣으려고 등을 돌리고 있는데도 뚫어져라 쳐다보는 자다의 눈빛이 느껴졌다. 그 강렬한 눈빛 때문에 자다한테 백기를 든 게 한두 번이 아니었다.

"가족 문제라서 말 안 하려는 거야?"

자다의 질문에는 어딘가 씁쓸함이 묻어 있었다.

"그런 것도 있고."

"그런 것도 있다고? 그럼, 문제가 하나가 아니란 소리잖아. 재밌네!"

자다가 비밀을 밝히는 방법은 두 가지이다. 하나는 진실의 중심에 다다를 때까지 비밀이나 거짓말의 가장자리를 살살 긁어 파기. 다른 하나는 큰 망치를 들고 사정없이 때려서 진실을 알아내기. 마야를 잘 아는 자다는 이번에는 첫 번째 방법이 통하지 않을 거란 걸 알고 거침없이 망치를 집어 들었다.

"남자 문제지, 맞지?"

"세상에는 남자 말고도 중요한 문제가 많아."

자다는 냉장고를 막고 서서 마야가 자신의 예리한 눈빛을 피할 길을 완벽히 차단했다.

"뭐야? 데이비드랑 무슨 일 있었어?"

마야가 빈 장바구니를 만지작거리며 말했다.

"말했잖아. 남자 문제 아니라고."

"흠, 무슨 일인지 끝까지 입을 다물겠다! 그럼 난 남자 문제라고 생각할 거야."

자다가 학원 갈 시간을 확인하고 나가다가 덧붙였다.

"우리 아직 할 말 남았다. 이야기 안 끝났어!"

마야는 문밖으로 사라지는 친구를 바라보았다. 자다에게 할머니와 제프에 대해 하나부터 열까지 다 털어놓고 싶었다. 하지만 아무리 단짝이라 해도 이건 함부로 말할 수 없는 비밀이었다. 어떻게 말한단 말인가? 마야 스스로도 다 이해 못 한 그 일을 무슨 수로 설명할 수 있을까?

그때 할머니가 나른하면서도 어수선해 보이는 얼굴로 느릿느릿 부엌으로 들어왔다. 마야는 불안했다. 아침부터 저런 상태라면 좋은 하루가 될 가능성이 낮았다.

"할머니 잘 주무셨어요? 기분은 좀 어떠세요?"

마야가 조심스럽게 할머니를 의자에 앉혀 드렸다. 잠이 완전히 깨면 할머니가 기운을 좀 차릴지도 몰랐다.

"난 괜찮다."

할머니가 마야의 손을 토닥였다. 손녀를 대하는 할머니만의 애정 표현이었다. 할머니가 조리대 위에 펼쳐 놓은 와사비 콩 봉지로 눈을 돌렸다.

"밥은 먹었어? 이런 걸로 끼니가 되겠니."

"할머니 깨시길 기다렸죠. 할머니하고 같이 만들 수 있는 음식이 뭐 있을까 생각하고 있었어요. 소풍 갈 때 좋은 음식 있을까요? 피곤하시면 제가 샌드위치 만들게요."

마야의 말에 할머니의 얼굴이 환해지더니 지친 기색이 싹 사라졌다.

"아, 소풍! 김밥 만들자. 소풍엔 김밥이지. 김밥 싸는 법도 모르면 되나. 네 엄마나 할머니가 가르쳐 준 적 없는 게야? 어떻게 그럴 수가 있나 몰라?"

할머니는 그새 또 마야가 누군지 잊은 것 같았다. 마야는 다른 날에 김밥을 만들자고 말해야지 싶으면서도, 빨리 제프와 다시 만나고 싶었다. 앞으로 할머니 상태는 더 나빠질 거다. 언제 다시 기회가 생길지 모른다.

할머니는 재료부터 준비하자며 고기를 양념하고, 시금치를 무치고, 당근을 얇게 채 쳤다. 그 사이 마야는 할머니가 일러 준 대로 밥에 소금과 참기름을 넣어 잘 섞었다. 참기름이 들어가면 어떤 음식이든 더 풍미가 살아난다. 마야는 새콤달콤한 단무지에 자꾸만 손이 갔다. 할머니가 마야의 손을 살짝 때렸다.

"그만 먹어. 그러다 단무지 모자라면 곤란해. 가서 달걀 부쳐 줄래?"

마야가 냉장고에서 달걀 몇 개를 꺼내 프라이팬에 깨려는 순간, 할머니가 마야의 손에 그릇 하나를 쥐여 주었다.

"아냐, 아냐, 아냐. 그릇에 달걀을 깨서 소금 한 꼬집 넣고 섞어서 팬에 부어. 오믈렛처럼 얇게 부쳐야 해."

"네, 그럴게요."

마야는 할머니와 요리할 때면 왠지 모르게 마음이 편안해졌다. 다다다다 가볍게 도마를 때리는 칼 소리, 주변을 감싸는 기분 좋은 음식 냄새, 그릇을 찾고 재료를 집다가 생기는 작은 부딪힘은 부엌을 한결 활기차게 한다. 할머니가 오기 전의 부엌은 냉장고에서 간단한 먹을거리를 꺼내거나 설거지하려고 들어가는 무미건조하고 따분한 공간이었다. 하지만 지금은 생기가 넘치고 떠들썩하다.

마야는 그릇에 달걀을 하나하나 깼다. 포크로 노른자를 터트리고 휘휘 저어 흰자와 잘 섞은 다음 소금으로 간을 했다. 달군 팬에 붓자 차르르 소리를 내며 팬 가장자리로 노란 달걀물이 퍼져 나갔다. 팬 위에서 달걀이 지글거리는 소리, 그 고소한 냄새보다 좋은 게 있을까.

"자, 이제 김밥을 말아 보자. 나 하는 걸 잘 보고, 따라 해 봐. 양 끄트머리는 네가 처리하렴."

할머니가 얇은 대나무 발 위로 김 한 장을 올렸다. 김발은 마야가 더울 때 깔고 자는 대나무 자리의 축소판이었다. 김은 김밥에 들어가는 모든 재료를 감싸는 역할을 했다. 할머니가 김 위에 밥을 올린 뒤 주걱으로 살살 두드려 얇게 폈고, 그 위에 준비해 둔 재료를 길게 올렸다. 그런 다음 김발을 조금씩 앞으로 움직이며 손으로 꽉꽉 눌러 말았다. 그러자 마침내 길고 단단한 김밥이 되었다. 윤기가 흐르는 검은색 김이 양 끄트머리를 빼고는 속 재료를 완벽히 감쌌다.

할머니가 부엌칼에 참기름을 조금 발랐다.

"참기름을 발라야 칼에 밥과 김이 달라붙지 않아."

할머니가 김밥을 잘라 깨끗한 접시에 올렸다. 할머니의 칼질은 신속하면서도 주저함이 없었고, 접시 위에서 김밥이 동심원을 그리며 층층이 쌓였다. 마야는 '양 끄트머리를 처리하라'는 할머니 말이 재료가 삐죽 튀어나온 김밥 양 끝 조각을 먹으라는 뜻인 걸 알고 신이 났다. 마야는 할머니의 명령을 훌륭히 해냈다. 어느새 접시에는 김밥이 피라미드처럼 높게 쌓였다.

"이제 네 차례야."

마야는 할머니처럼 해 보고 싶어 조바심이 났다. 여러 재료를 동그란 김밥 한 조각으로 탈바꿈시키는 일사불란한 과정은 마야를 단번에 사로잡았다. 김발을 꽉꽉 눌러 마침내 김밥을 완성했을 때, 마야는 함박웃음을 지었다.

"잘했다, 잘했어. 이제 썰어 봐. 할미가 새 접시를 갖다 줄게. 김밥은 무조건 많이 싸야 해. 게 눈 감추듯 먹어 버리거든."

처음에는 김밥이 터져 모양이 형편없었다. 할머니처럼 써는 게 쉬운 일이 아니었다. 하지만 썰고 또 썰수록 솜씨가 점점 좋아져서 마야의 접시에도 김밥 피라미드가 완성되었다.

"이 정도면 됐어, 준비됐니?"

할머니가 마야에게 물었다.

"네!"

마야는 행주에 손을 슥슥 문질러 닦고 스케치북과 미술용품이 든 작은 가방을 재빨리 어깨에 둘러멨다. 이번에는 마야가 먼저 할머니 손을 잡았다. 둘은 마주 보고 빙그레 웃으며 김밥을 한 개씩 집어 들었다.

할머니가 마야에게 일렀다.

"한입에 먹어. 그래야 재료가 어우러져서 맛나거든."

할머니가 먼저 김밥을 입에 쏙 넣고 오물거렸다. 양 볼이 불룩해졌다. 마야도 똑같이 따라 했다. 단단하던 김밥이 입속에서 풀어지는가 싶더니 식탁 위의 윤기 나는 검은색 피라미드가 눈앞에서 멀어지며 몸이 뒤로 끌려가기 시작했다.

봄날의 왕릉 소풍

마야와 할머니는 나무로 둘러싸인 너른 풀밭에 내려앉았다. 빳빳한 하얀색 블라우스와 검은색 치마 교복을 차려입은 여학생

몇이 푸릇푸릇한 풀밭 위에 돗자리를 깔고 있었다.

멀리 붉은색 문 하나가 눈에 띄었다. 두 개의 둥근 나무 기둥이 서 있고, 기둥 사이에 화살 장식이 있었다.[2] 그 문 앞에는 2개의 돌길[3]이 곧게 뻗어 있었고, 그 끝에는 붉은색과 초록색 단청으로 칠한 작은 목조 건물이 있었다. 그 뒤로 윗부분이 평평한 푸른 언덕이 크게 솟아 있고, 그 위로 작은 언덕 하나가 있었다. 작은 언덕은 석조상으로 에워싸여 있었다. 조화롭고 매끈한 두 개의 언덕은 아무리 봐도 자연적으로 생겨난 것처럼 보이지는 않았다. 마야가 그 언덕들을 손짓하며 물었다.

"저건 뭐예요?"

"아, 저건……. 무덤?"

할머니가 이름을 기억해 내려고 애쓰다 대답했다. 고심 끝에 생각해 낸 단어지만, 만족스럽지 않은 눈치였다.

"무덤이요?"

"아니야. 왕과 왕비가 묻힌 곳을 뭐라고 하더라?"

마야가 조심스럽게 말했다.

2 홍살문. 왕릉이나 궁 등에 세우던 지붕 없는 붉은 문이다. 붉은 칠과 기둥 사이의 화살 장식은 액운이나 잡귀를 쫓기 위한 것이다.

3 왕릉으로 가는 길을 참도라고 하는데, 두 길로 나뉘어 있다. 왼쪽 높은 길이 신도, 오른쪽 낮은 길이 어도이다. 신도는 죽은 왕이 다니는 길이고, 어도는 살아 있는 왕이 다니는 길이다.

"왕릉?"

"그래, 왕릉! 죽은 임금을 모신 묘. 여기 저것 말고 다른 왕릉도 있어."

"왕릉으로 소풍을 오셨다고요?"

마야는 살짝 소름이 돋았다. 깔깔 웃고 있는 여학생들과 엄숙한 장소 사이의 대조가 묘했다.

"이상하니? 너희가 미라를 전시한 박물관으로 현장 학습 가는 것과 다를 게 뭐니?"

듣고 보니 할머니 말에 일리가 있었다.

"그럼 저 학생들은 현장 학습 중이에요? 우린 서울에서 얼마나 멀리 와 있는 거예요?"

"여기가 서울이야. 도시 한가운데 이렇게 평화로운 곳이 있는 게 놀랍지?"

마야는 그제야 이 장소만의 매력이 눈에 들어오기 시작했다. 으스스한 공동묘지와는 달리 신성한 분위기였다. 엄마와 아빠도 여기로 소풍을 왔었을까. 두 분 모두 서울에서 자랐으니까 그럴 수도 있었다.

마야가 웃고 있는 여학생들에게로 가까이 다가가려는데 할머니가 느닷없이 "안 돼!" 하고 소리를 질렀다. 마야가 움찔하며 뒤로 물러났다. 할머니가 마야를 곁으로 바짝 끌어당기고는 말했다.

"그 길로 걸으면 안 돼."

마야는 아무 생각 없이 올라섰던 돌길을 보았다. 2개의 길 중 왼쪽 길이 오른쪽 길보다 높다는 것 말고는 문제 될 게 없어 보였다.

"네가 걸었던 쪽은 영혼을 위한 길이야. 죽은 임금이 걷는 길. 넌 혼이 아니잖아. 살아 있는 사람은 낮은 쪽으로 걸어야 해. 임금님도 이 길로 걸었어. 길이 좀 울퉁불퉁하지? 넘어지지 않으려면 자연스레 고개가 숙여지고 걸음도 조심스러워져. 공손한 마음으로 걸으라는 의미야."

마야는 고개를 끄덕이며 할머니 팔짱을 끼고 걸었다.

"저 중에 누가 할머니예요?"

마야가 한창 소풍을 즐기는 여학생들 쪽을 고갯짓하며 물었다. 교복을 입은 데다 하나같이 엇비슷한 단발머리여서 학창 시절의 할머니를 찾기 어려웠다. 할머니가 무성한 나무 그늘 아래 자리 잡은, 가장 크고 왁자지껄한 무리를 가리켰다. 한 여학생이 앞에 나와 원맨쇼라도 하듯 재미있는 이야기로 분위기를 돋웠고, 다른 여학생들은 박수로 화답하며 함성을 지르고 있었다. 할머니는 무리에 다가가더니 그들 틈에 끼어 앉아서 다른 여학생들처럼 앞에 선 여학생의 이야기에 깔깔 웃음을 터뜨렸다. 그 여학생이 이야기를 극적으로 마무리하고 장난스러운 웃음을 짓는 순간,

마야는 곧바로 누군지 알아보았다. 바로 현숙이었다.

현숙은 된장찌개 여행 때보다도 더 어려 보였다. 마야가 다른 기억 속에서는 볼 수 없었던 현숙의 해맑은 기운에 이끌려 여학생들 쪽으로 다가가려던 그때, 나무 뒤에서 누군가 손을 흔들었다. 제프였다. 마야는 할머니에게 그림을 그리러 다니겠다는 몸짓을 해 보였다.

시간의 과수원

"해냈구나."

제프가 활짝 웃으며 인사했다. 제프는 지난번과 거의 다를 바 없는 차림이었다.

"당연히 해냈지. 내가 못 할 이유가 뭐야?"

"그거야 모르지. 유동 콘덴서[4] 같은 걸 고장 냈을 수도 있고……."

제프는 씩 웃고는 마야의 반응을 기다리다 실망한 얼굴로 말했다.

4 1985년에 개봉한 영화 〈백 투더 퓨처〉에 나오는 차량에 장착된 시간 여행을 위한 특별 장치.

"뭐야. 한 번 정도는 웃어 줄 만한데?"

"무슨 소리야?"

"무슨 소리냐니? 닥! 드로리언! 백 투 더 퓨처![5] 몰라?"

마야가 얼굴을 찡그렸다.

"아, 그 옛날 영화? 난 안 봤어."

제프가 한 손을 가슴팍에 올리고 호들갑스럽게 몸을 비틀거렸다.

"안 봤다고? 지금까지 나온 영화 중 최곤데, 어떻게 안 볼 수가 있지?"

"됐고! 네 비밀을 알려 줘."

제프가 과장스러운 연기를 계속하자, 마야는 또 이야기가 샛길로 빠지기 전에 서둘러 궁금한 걸 물어봤다.

"좋아. 그럼 〈백 투 더 퓨처〉는 꼭 보기로 약속하는 거다."

제프가 허리를 곧추세우고 헝클어진 머리를 매만졌다.

"약속해. 그러니까 이제 네 비밀을 말해 줘."

"그럼 먼저 물어볼게. 이 일에 관해 넌 얼마나 알아?"

"과거로 시간 여행을 다닐 수 있지만, 우리는 실제 과거에 속한 사람은 아니라는 거. 우리가 찾아온 이 순간이 한 편의 영화와 비

5 〈백 투 더 퓨처〉에 나오는 '닥' 브라운 박사와 시간 여행 자동차 드로리언.

슷한 거고, 나는 할머니가 살았던 과거의 순간들을 상영하는 멀티플렉스 영화관의 한 상영관에 와 있다는 거."

제프가 고개를 끄덕였다.

"그런 표현 나쁘진 않네. 그럼, 그 비유에 맞춰 말해 보자."

제프가 양팔을 쫙 펼쳤다.

"네가 여행하는 지금의 이 소풍은 한 편의 영화야. 오후 2시에 상영하는 〈백 투 더 퓨처〉, 아니, 퓨처(미래)가 아니라 패스트(과거)라고 해야겠네."

마야가 코웃음을 쳤다. 제프는 어깨를 으쓱하고는 말을 이었다.

"여기까지는 쉽지? 그런데 생각해 봐. 너희 할머니는 이 순간에 몇 번 와 보셨을 것 같아? 나이가 들수록 가장 좋았던 기억 속 그날에 더 자주 오고 싶을 거잖아. 그러니까 할머니는 이 소풍 영화를 여러 번 보셨겠지? 그런데 이상하지 않아? 왜 너는 이 순간을 보러 온 또 다른 할머니와 마주친 적이 없을까? 왜 이 순간에, 우리처럼 관객으로 앉아 있는 또 다른 할머니는 없는 걸까?"

마야가 생각하지 못한 점이다. 제프 말대로 영화관의 관객은 늘 할머니와 마야, 두 사람뿐이었다.

제프가 눈을 반짝이며 질문의 답을 들려주었다.

"그 이유는 각각의 시간 여행마다 미세하게 다른 차원으로 가기 때문이야. 이 차원들은 서로 상호 작용하지 않아. 스무 살 할머니와 쉰 살 할머니가 이 순간을 상영하는 다섯 시 영화를 보더라도 스무 살 할머니는 1번 방에, 쉰 살 할머니는 2번 방에서 보는 거지. 그리고 그 모든 건 동시에 존재해."

마야가 천천히 고개를 끄덕였다.

"알 것도 같아. 그럼 다른 시간 여행자들은? 너나 나 같은 사람이 또 있다며?"

제프가 신나게 고개를 끄덕였다.

"그것도 설명해 볼게. 시간 여행자는 우리 말고도 많아. 그 사람들에게도 같은 규칙이 적용돼. 저마다 자신만의 멀티플렉스 영화관 속 여러 개의 상영관에서 자신만의 영화를 관람하는 거야. 이렇듯 서로 다른 무수한 차원이 동시에 존재하기 때문에 너는 다른 시간 여행자를 만날 수 없는 거야."

"그럼 우리는 어떻게 만났어? 너는 어떻게 내 영화관에 있는 거야?"

"우리가 처음 만났을 때도 내가 같은 말을 했을 텐데. 네가 내 영화관에 있는 게 아닐까? 무례하게, 초대도 받지 않고, 표도 없이 들이닥친 사람은 너 아닐까?"

"내가 보기엔 무례한 사람은 너 같거든. 나는 우리 할머니의 손님 자격으로 여기 있는 거야. 난 시간 여행하는 법도 몰라. 그런 내가 네 차원으로 어떻게 들어왔겠어?"

제프가 진지한 얼굴로 말했다.

"아닌데. 너도 할 수 있어."

"난 못 해. 이건 우리 할머니의 기억이야. 내 기억이 아니라."

"너도 스스로 하게 될 거야. 이 능력, 너한테도 있는 게 맞아. 그게 아니면 너는 혼자 돌아다닐 수 없어. 손님은 반드시 시간 여행자와 신체 접촉을 하고 있어야 하니까."

마야가 한 발 다가서며 물었다.

"나에게도 능력이 있다고? 그럼 나도 손님을 데려올 수 있다는 소리야? 같이 붙어 있기만 하면?"

그때 마야를 부르는 할머니의 목소리가 들려왔다.

"마야! 어딨니? 시간 됐다!"

지친 목소리였다. 시간 여행을 할 때마다 할머니는 기운을 많이 뺏기는 것 같았다.

"나 가야 해."

"할머니만 따라다니지 말고 혼자 시도해 봐. 팁을 주자면, 과거의 한 순간에 집중하는 연습을 해 봐. 네가 그곳에 있다고 상상하는 거야. 최대한 가장 작은 부분에 초점을 맞춰. 어떤 음식에 대한 기억이나 감정이 강하면 강할수록 이동이 쉬워질 거야. 넌 할 수 있어. 그리고 혹시 길을 잃거나 도움이 필요하면 여기로 와서 큰소리로 날 불러. 내가 널 찾을게.”

“어떻게?”

“우리는 지금 서로의 영화관을 잇는 다리를 만든 거야. 이 다리를 통해서 서로의 영화관에 들어갈 수 있다고 보면 돼.”

“마야!”

할머니가 다시 소리쳐 불렀다.

마야가 다급히 제프에게 말했다.

“전화번호 알려 줘. 현실에서 만나서 얘기하자!”

제프가 손 경례를 붙이며 인사하고는 말했다.

“그건 별로 재미없어. 조만간 또 보자.”

마야는 실망한 채 발길을 돌렸다. 궁금한 마음을 참지 못하고 뒤돌아보았을 때, 제프는 그때까지 마야를 지켜보고 있었다. 제프가 삐딱한 웃음을 지은 채 양손을 흔들며 말했다.

“다음번에 올 땐 빨간 옷 입고 와.”

마야는 쌩하니 돌아서서 할머니에게로 달려갔다.

할머니가 창백한 얼굴로 마야의 팔에 무겁게 몸을 기댔다. 걸음이 어찌나 처지는지 마야는 평소보다 애써 느릿느릿 걸어야 했다.

“어디 있다 이제 오는 거야?”

마야는 제프 이야기를 비밀로 하기로 했다. 언제부터 이렇게 비밀 많은 사람이 된 걸까?

“아, 그냥 여기저기 돌아다녔어요. 새로운 것들을 발견할 좋은 기회잖아요.”

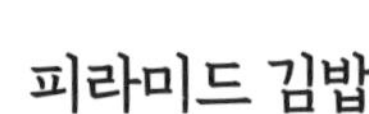

피라미드 김밥

· 마야의 구체적인 계량법을 더함! ·

소고기 300g 얇게 썬 것 / 시금치 200g / 당근 2개 채 썬 것
단무지 7~10줄 / 달걀 7~10개 / 밥 7~8공기 / 참기름 1큰술
김 7~10장(김 1장이 김밥 1줄)

1. 밥에 참기름과 소금을 넣고 간을 한다.
2. 소고기를 진간장 1큰술, 설탕 1/2술을 넣고 볶는다.
3. 단무지를 길쭉하게 썰어 둔다.
4. 당근을 얇게 채 썰어 소금을 살짝 넣고 볶는다.
5. 살짝 데친 시금치에 소금과 참기름을 넣어 가볍게 무친다.
6. 달걀을 그릇에 푼 뒤, 프라이팬에 지단을 얇게 부친다. 지단도 단무지처럼 길게 썬다.
7. 김발에 김을 올리고, 그 위에 간 한 밥을 올려 얇게 편다.
8. 그 위에 준비해 둔 재료들을 차곡차곡 올린다.
9. 손에 힘을 주며 김발을 만다.
10. 김밥이 동그랗게 말리면, 김 끝 부분을 꾹꾹 눌러 떨어지지 않게 한다.
11. 칼에 참기름을 바르고, 먹기 좋은 크기로 김밥을 썬다.
12. 쏙쏙! 한 입에 하나씩 맛있게 먹는다.

5

노릇노릇 빈대떡

빨강빨강 스웨터

그날 이후 마야는 혼자 힘으로 시간을 거스르는 법을 연습해 보기로 단단히 결심했다. 그럴 수만 있다면 할머니는 마야의 손님이 되어 편하게 추억을 돌이켜 볼 수 있을 것이다. 또 어쩌면 아빠와 연관된 과거의 순간들을 떠올려 보게끔 할머니의 마음을 움직일 수 있을지도 모르고. 그럼 아빠를 잘 알게 될 것이다. 그편이 엄마에게 찔끔찔끔 정보를 알아내거나, 빛바랜 옛날 사진을 찾기보다 훨씬 나을 것 같았다.

엄마가 출근하기를 기다렸다는 듯, 할머니가 빈대떡을 만들자고 했다.

"빈대떡? 그게 뭔데요?"

"파하고 김치 좀 잘게 다져 줄래?"

마야는 김치를 다지느라 손끝이 빨갛게 물들었다. 할머니는 밤새 불려 놓은 녹두를 갈고, 마늘과 간장, 참기름과 소금을 넣어 반죽을 만들었다. 거기에 마야가 다진 파와 김치를 넣었다. 반죽으로 봐서는 별 기대가 되지 않았지만, 마늘과 참기름이 어우러진 향만큼은 근사했다.

마야는 그동안 할머니의 요리법을 열심히 기록했다. 스케치북에 만드는 법을 적었고, 재료의 양을 애써 가늠해 적어 두었다.

할머니는 요리할 때 계량을 하지 않았다. 얼마의 양을 넣어야 할지 마야가 물을 때마다 할머니는 "적당히" 아니면 "맛있을 때까지"라고 대충 말했다.

할머니가 완성된 반죽을 커다란 프라이팬에 세 덩이로 나눠 올리고, 팬케이크처럼 지지기 시작했다. 노릇하게 익은 반죽을 뒤집자, 고소한 냄새가 퍼지며 입안에 침이 고였다. 할머니는 간장과 식초를 섞어 재빠르게 양념장을 만들었다. 그리고 둥근 빈대떡의 가장자리가 바삭해질 때까지 기다렸다가 한 장씩 접시에 옮겨 담았다.

"먹어 봐. 뜨거울 때가 제일 맛있어!"

마야는 빈대떡을 덥석 집어 입으로 후후 불었다. 고소하고 바삭한 빈대떡의 완벽한 마무리는 짭짤 새콤한 양념장이다. 살짝 찍은 양념장이 빈대떡을 타고 흘렀다. 할머니가 말했다.

"준비됐니?"

할머니가 손을 잡으려는 순간 마야는 스케치북과 미술 도구, 자다에게 빌린 빨간색 스웨터를 넣어 둔 가방을 집어 들었다. 할머니가 언제 깜짝 여행에 데려갈지 몰라 미리 부엌에 챙겨 두었다.

두 사람은 된장찌개를 먹고 갔던 바로 그 집을 다시 찾았다. 마야가 슬쩍 들여다보니 십 대 시절의 할머니가 할머니의 어머니와 빈대떡을 부치고 있었다.

할머니가 마야 옆에서 애틋한 목소리로 말했다.

"어머니는 개학 날이면 빈대떡을 부치곤 하셨지. 내가 빈대떡을 제일 좋아하니까."

집 안으로 들어가려는 할머니에게 마야가 물었다.

"저 혼자 좀 돌아다녀 봐도 돼요? 된장찌개 여행 때는 갑작스러워서 잘 못 봤거든요. 멀리서 집을 좀 그려 보고 싶어요."

"그러렴. 시간이 되면 내가 널 찾으마."

마야는 제프를 찾으러 돌아다녔다. 제프가 어떻게 자신을 찾으려는 건지는 모르지만, 일단 제프의 말대로 빨간색 스웨터를 덧입었다.

"마야?"

"제프?"

제프가 나무 뒤에서 모습을 드러냈다.

"난 그냥 빨간색이랬지, 완전 빨강빨강한 옷을 입고 오란 말은 아니었는데."

짜증이 치민 마야가 팔짱을 끼고 따졌다.

"네가 빨간색 입으라 해서 입었잖아. 네 옷보다 낫네, 뭘."

마야가 말도 안 되게 짧은 제프의 반바지를 힐긋 쳐다보며 말했다.

"무슨 소리야? 상큼한 내 옷차림을 보고. 너 지금 우리 학군에서 제일 잘나가는 장거리 육상 선수를 보고 있는 거야. 이래 봬도 하프 마라톤도 뛴 몸이라고. 무릎만 다치지 않았어도 소년부 우승은 무조건 내 차지였는데."

마야가 코웃음을 쳤다.

"암요암요. 말을 말아야지."

마야가 할머니 쪽을 힐긋 돌아보고는 다시 제프에게로 몸을 돌렸다.

"시간이 별로 없어. 아직 궁금한 게 너무 많아."

"걱정 마. 시간은 상대적이니까."

"네, 제프 교수님. 그런데요, 저는 할머니가 나를 잊고 혼자 가 버리는 건 싫거든요."

"걱정 말라니까. 그렇게 오래 안 걸려. 잠깐 다녀올 거야."

제프가 마야에게 손을 내밀었다.

"겁주긴 싫은데, 처음엔 진짜 이상할 거야. 지금부터는 아무 말도 하지 마. 나 집중해야 해. 그리고 절대 내 손 놓지 말고."

마야가 스웨터에 슬쩍 손을 문질러 닦고는 제프의 손을 잡았다.

"준비됐어?"

마야는 긴장하고 있다는 걸 들킬까 봐 고개만 끄덕였다.

제프는 눈을 감고 제자리에 서서 꼼짝도 하지 않았다. 숨소리마저 보일 것만 같았다. 마침내 제프가 헉 하고 숨을 내쉬었다. 눈을 뜨긴 했지만, 눈동자는 초점 없이 허공을 떠다니는 듯 보였다.

“잠깐만…….”

제프의 아스라한 목소리는 이미 다른 어딘가에 다다라 그곳에서 마야를 부르는 것처럼 들렸다. 제프가 손을 하도 꽉 쥐어서 마야는 둘의 맥박이 하나의 리듬으로 뛰는 게 느껴질 정도였다. 제프가 마야를 끌어당기며 한 걸음 크게 나아갔고, 그와 동시에 사방이 허물어졌다.

이건 할머니와 했던 시간 여행과는 달랐다. 그때는 적어도 순차적인 움직임 정도는 느낄 수 있었다. 앞으로 가거나 뒤로 가거나 둘 중 하나였다. 시각, 청각, 후각을 자극하는 풍경과 소리와 냄새가 있었다. 그런데 이번에는 아무것도 없었다. 위로 올라가는지 아래로 내려가는지 느낄 수 없고, 보이는 건지 안 보이는 건지조차 알 수 없었다. 이 텅 빈 시간의 틈을 떠돈 게 단 일 초 같기도, 혹은 몇 년 같기도 했다. 낯설지 않은 거라고는 꽉 잡은 손에서 느껴지는 변함없는 힘과 두 개의 심장이 함께 뛰고 있다는 사실뿐이었다.

가벼운 끌림이 느껴졌다. 마야는 무언가에 발이 걸려 앞으로 넘어졌고, 그 바람에 제프도 앞으로 몸이 쏠렸다. 제프가 마야를 일으켜 세우며 물었다.

"괜찮아?"

"응. 근데 발에 뭐였어? 여긴 어디야?"

그들이 있는 곳은 거의 암흑에 가까웠다. 마야가 제프의 손을 꽉 붙잡았다.

"괜찮아. 뒤돌아봐."

컴컴하고 텅 빈 공간에서 제프의 목소리가 유난히 크게 들렸다. 마야가 소리쳤다.

"손 놓지 마!"

"걱정 마, 계속 잡고 있잖아. 그냥 나를 따라서 천천히 몸을 돌려 봐."

제프가 이끄는 대로 동그라미를 그리며 돌던 마야의 눈에 멀리 희미하게 반짝이는 빛 하나가 들어왔다.

"너희 할머니의 비유를 그대로 쓰자면, 우리는 멀티플렉스의 본부에 와 있는 셈이야. 가자. 보여 줄게."

둘은 함께 그 빛을 향해 달렸다. 어찌나 빠르게 달렸는지 마치 태양을 향해 날아가는 기분이었다. 빛이 시작된 곳에 가까워지자, 마야는 그것이 하나가 아니라는 것을 알았다. 수백, 수천, 어쩌면 수백만 개나 되는 불빛이 한데 모여 있었다. 마야가 속삭였다.

“나무들이었네.”

마야는 심장이 두근거렸다. 둘은 끝이 보이지 않는 울타리를 따라 걸어서 작은 나무문 앞에 섰다. 문 뒤로 환하게 빛나는 거대한 나무들로 꽉 찬 어마어마한 과수원이 펼쳐져 있었다. 마야가 손을 뻗어 문을 열려고 했을 때, 제프가 마야를 끌어당기며 말렸다.

“먼저 허락을 구해야 해.”

마야는 조심스럽게 문을 두드리는 제프를 어리둥절한 얼굴로 지켜보았다. 문기둥이 제자리에서 흔들리더니 놀랍게도 그 떨림은 이내 잔잔한 음악으로 바뀌었다. 마치 초인종 소리 같으면서도 그보다는 더 낮고 깊은 소리랄까. 음악이 잦아들자 천천히 문이 열렸다. 마야는 문으로 들어서며 굵은 나무 뿌리가 미로처럼 얽히며 넓게 뻗어 있는 것을 보았다. 아까 발이 걸려 넘어진 이유가 바로 이 뿌리 때문인 게 분명했다. 마야는 짙은 안개 속에서 머리 위로 아치를 드리운 나무들과 땅을 번갈아 쳐다보았다. 모든 광경을 눈에 담고 싶었지만, 넘어지지 않으려고 조심조심 제프의 뒤를 따랐다.

끝없이 펼쳐진 검은 하늘에 밝은 잎사귀 하나가 나무 위를 가볍게 날아다녔다. 나뭇가지와 잎사귀들 역시 빛으로 반짝이고 있었지만, 정작 마야가 반한 건 나무 곳곳에 매달린 보석처럼 휘황찬란한 구슬 모양의 장식물이었다. 제프가 한 나무 앞에 멈춰섰다.

"여기 어때?"

"이렇게 아름다운 광경은 처음 봐. 저 보석들, 꼭 나뭇가지에 달린 감 같아."

마야는 밝고 선명한 주황빛 보석 하나를 가리켰다. 제프가 말했다.

"너한텐 감처럼 보여? 재밌네. 내 눈엔 영락없는 복숭아인데. 사람마다 다르게 보이나 봐."

"저건 뭐야?"

"직접 눈으로 확인해 봐."

제프가 나무를 손으로 톡톡 치자, 줄기 하나가 마야 쪽으로 움직였다. 앙증맞은 감 보석 하나가 마야의 머리에 닿을락 말락 한 높이까지 내려왔다. 마야는 발끝을 들고 자세히 살펴보았다. 보석 표면에 자기 모습이 비쳤다. 머뭇머뭇 손을 뻗어 만져 보았다. 보석에서 빛이 쏟아져 나오더니 연기가 소용돌이치며 표면에 비친 마야 얼굴을 날려 보냈다. 마야는 눈을 가늘게 뜨고 연기 사이로 드러난 장면을 보았다.

처음 유치원에 간 날의 마야와 자다의 모습이었다. 꼬마 마야는 빳빳한 새 원피스 자락을 만지작거리며 말을 걸 만한 친구나 할 일을 찾아 두리번거렸다. 그러고는 놀이터 한가운데 정글짐으로 천천히 걸었다. 정글짐 맨 꼭대기에는 꼬마 자다가 거꾸로 매달려 있었다. 땋아 내린 자다의 머리가 바람에 흔들렸다. 자다가 손을 흔들며 마야를 큰 소리로 불렀다.

"같이 놀래?"

마야의 얼굴에 미소가 피어났다. 꼬마 마야는 자다를 만나러 정글짐을 올랐다. 그렇게 둘은 단짝이 되었다.

감 보석 속에서 연기가 다시 소용돌이치더니, 장면이 끝남과 동시에 단단하게 굳었다. 반짝이던 빛 역시 차츰 보석 속으로 빨려 들어가, 보석에 비친 마야의 얼굴 말고는 아무것도 보이지 않았다. 반짝이던 빛 역시 차츰 보석 속으로 빨려 들어갔다. 마야가 보석에서 손을 떼자, 나뭇가지가 멀어졌다.

마야가 얼떨떨한 채로 눈을 비볐다. 제프가 물었다.

"괜찮아? 뭐가 보여?"

"내가 유치원에 처음 갔던 날. 그런데 저 안에 있는 건 뭐야?"

"그건 삶이야. 시간이고."

제프가 다른 감을 향해 손을 뻗자, 그 감에서 빛이 반짝였다.

"이건 네가 너희 엄마하고 바닷가에 갔을 때야. 네가 해파리에 쏘였네."

제프가 또 다른 감으로 손을 뻗었다.

"이건 네가 엄마하고 싸우고 네 친구 자다네 마당 나무 위 집에 숨었던 때고. 너 그때 무지 화났었구나. 너희 엄마는 엄청 걱정하고 계셨고."

벌써 몇 년 전 일이다. 그런데 그때를 떠올려 보면 엄마는 전혀 걱정하는 얼굴이 아니었다. 자다의 부모님이 데려다줘서 집에 돌아왔을 때, 엄마는 머리끝까지 화가 나서 남은 여름 내내 외출 금지령을 내렸다.

"난 이해가 안 돼. 어떻게 이 나무가 내 모든 기억을 가지고 있을 수 있어?"

제프가 손에 쥔 보석을 놓자, 나뭇가지가 잎사귀를 살며시 흔들며 하늘로 올라갔고, 그와 동시에 보석들은 손이 닿지 않는 곳으로 멀어졌다.

"아차, 미안. 설명을 깜빡했네. 이곳은 너만을 위한 곳은 아니야. 기억에 대한 곳도 아니고. 여기는 시간 그 자체야."

"무슨 소리야?"

"각각의 나무는 한 사람의 과거, 현재, 미래가 담긴 연대기야.

어떤 나무들은 가지와 뿌리, 혹은 열매들까지 교차하면서 다른 나무와 상호 작용을 하기도 해."

제프가 설명을 이어 갔다.

"각각의 나무가 하나의 영화관이고, 감 하나하나가 영화관에서 상영되는 삶의 순간들인 셈이야."

마야는 끝없이 펼쳐진 반짝이는 가지들과 그 사이에서 팔랑이며 춤추는 나뭇잎들을 경이에 찬 눈으로 올려다보았다.

"여기에 나무가 몇 그루나 있을까?"

제프가 과수원을 둘러보며 어깨를 으쓱했다.

"알 수 없어. 무한히 많겠지."

마야는 손을 뻗어 자신이 살아온 인생의 모든 순간을 담고 있는 나무를 만져 보았다.

"그럼 넌 저 나무만 보면 나에 관해 뭐든지 알 수 있다는 말이네? 우리 가족도? 내 미래도?"

"이론적으로는 맞아. 그렇지만 이건 과거의 나무야. 그 누구에게도 미래를 보여 주진 않아. 그러면 시간이 완전히 뒤엉켜 버릴 수 있으니까. 지금 알아야 할 게 있고, 내일 알아야 할 게 있거든."

"과거의 나무라고? 그럼, 우리 아빠 나무도 있겠네?"

마야는 지금까지도 자신을 괴롭히는 과거의 커다란 구멍을 떠올렸다.

아빠 나무를 본다고 해서 아빠를 만나는 것과 같을 수 없음을 마야는 잘 알고 있다. 아빠를 만져 볼 수도, 아빠에게 말을 걸 수도 없을 테니까. 아빠가 마야를 보게 될 일도 없고, 딸이 어떤 사람으로 자랐는지도 알 수 없을 테니까. 하지만 아빠에 대한 궁금증만큼은 풀 수 있을 거다. 그것만으로도 아빠 없이 살아온 시간, 마음속 빈틈을 조금이나마 채울 수 있지 않을까. 그리고 어쩌면 엄마가 피하려 했던 질문들의 답을 얻게 될지도 모를 일이다. 마야는 안개 사이로 나무를 하나하나 들여다보았다.

"이 근처에 아빠 나무가 있을까? 넌 알아?"

제프가 고개를 가로저었다.

"미안. 나도 몰라. 과수원을 돌면서 하나하나 확인해 보는 수밖에 없어. 내 능력엔 한계가 있어."

마야는 허탈했다. 아빠 나무만 찾을 수 있다면 할머니의 기억으로 들어가 아빠를 만나겠다는 어설픈 희망에 의지할 필요도 없을 텐데. 실망감이 깊어지려던 그때, 불현듯 새로운 궁금증이 떠올랐다.

"잠깐, 제프. 그 능력 말인데…… 넌 어떻게 시간 여행을 하는 거야?"

"음식! 너도 너희 할머니가 만든 음식을 먹을 때 그것과 연결된 특정한 순간으로 끌려 들어가는 거잖아, 맞지? 나 역시 내가 먹은 어떤 음식과 이어진 기억으로 들어가는 거야. 어떤 때는 음식의 냄새를 맡고 맛을 보자마자 기억 속으로 끌려 들어가."

"첫 번째 음식은 뭐였어?"

제프가 입술을 깨물며 망설이다가 입을 열었다.

"내가 친구들하고 가게에서 피자를 먹고 있을 때였어. 부모님이 급히 나를 데리러 오셨어. 동생이 자전거 타다가 차에 치였다는 거야. 동생은 영영 눈을 뜨지 못했어."

마야는 무슨 말을 해야 할지 알 수 없었다. 갑작스러운 죽음은 마야의 가족에게도 큰 상처를 남겼다. 아빠의 죽음. 마야는 죽음이 남기고 간 빈자리를 잘 알고 있었다.

"제프. 정말 안타깝다."

제프가 마야에게서 살짝 고개를 돌리며 목청을 가다듬었다.

"우리 진짜 친했어. 형이 한 명 있는데, 형보다는 우리 둘이 더 친했어. 난 너무 화가 났어. 너무하잖아. 마이클은 겨우 열한 살밖에 안 된 어린애인데."

제프의 목소리가 점점 높아졌다.

"마이클은 우리 형제 중에서도 제일 똑똑하고, 제일 착하고, 제일 웃겼어."

제프는 말을 잠시 멈추고 크게 심호흡을 했다.

"부모님이 마이클 장례 준비로 바쁘다 보니 포장 음식을 많이 사다 먹었어. 생각해 봐, 누가 요리할 정신이 있겠어. 그러다 어느 날 저녁에 부모님이 피자를 주문했는데, 내가 마이클 소식을 들었을 때 먹던 바로 그 피자였어. 그 피자를 한 입 베어 무는 순간, 곧바로 끌려 들어간 거야. 그런데 그건 네가 할머니와 어느 한 순간으로 들어간 것과는 달랐어. 지금 내가 시간 여행을 하는 방식과도 달랐고. 무슨 영문인지 몰랐지. 어떻게 시간 여행을 하고, 어떻게 제어하는지 누구한테도 배운 적이 없었으니까. 그래서 한 순간에서 다음 순간으로 계속 끌려다녔어. 마이클과 함께했던 좋았던 때와 나빴던 때로. 얼마나 무섭던지. 멈출 수도 없고……."

마야는 제프의 옆얼굴을 가만히 바라보았다. 얼마나 힘들었을지 상상조차 되질 않았다. 마야의 곁에는 늘 할머니가 있었는데, 제프는 혼자였다.

"난 서로 다른 차원을 정신없이 헤치며 나아가고 있었어. 그 당시 난 내가 미쳐 가고 있는 줄 알았어. 모든 걸 포기하려던 찰나, 바로 이곳에 도착했어. 그러고는 모든 게 멈췄지. 운 좋게 다른 시간 여행자가 나를 봤던 거야. 그 사람 말이, 내가 한 나무 옆에서 나타났다 사라지기를 반복하더래. 그분이 나를 꽉 잡고 움직이지 않게 도와줬어. 영원과도 같은 시간을 헤매다 처음으로 평

온을 느낀 순간이었어. 이곳은 안전했어. 여기에 머물다 보니 이 능력을 조절하는 법을 익히게 됐고, 원래 내가 살던 곳으로 돌아갈 수도 있었어. 그 후로도 가끔 같은 일이 벌어졌고, 실수도 많이 했지만, 차츰 제어하는 방법을 터득하게 됐지. 그리고 얼마 지나지 않아 다른 사람들을 찾아내는 능력도 생겼고."

"다른 사람을 찾아낸다고? 어떻게?"

제프가 위를 가리키며 말했다.

"나무들을 여행하는 방법을 알게 된 거야. 나를 붙잡아 준 시간 여행자가 알려 줬어. 그분은 우리와 같은 능력은 없었지만, 오랫동안 누군가를 찾아다녀서 과수원에 관해선 모르는 게 없더라고. 그렇다고 내가 모든 나무를 여행할 수 있는 건 아니야. 찾으려는 사람과 연결 고리가 있어야 해. 그래야 그 사람의 나무가 어디 있는지 알 수 있어."

"내 나무는 어떻게 찾았어? 아니면 우리 할머니 나무를 찾은 거야?"

"우리는 연결 고리가 있어. 그래서 찾을 수 있었어. 네가 나를 처음 본 그때 이전에, 나는 널 이미 만났었어. 하지만 내가 나무한테 보석을 보여 달라고 부탁해도 나무가 응답하리라는 보장은 없어. 연습해서 점점 나아지고는 있지만. 또 내 부탁이 구체적일수록 효과가 좋기도 하고."

"빨강빨강 스웨터를 입고 오라는 말처럼?"

제프가 웃음을 지었고, 마야는 마음이 한결 편안해졌다. 제프가 말했다.

"다음번에는 웃기고 웃긴 모자를 써 봐."

"내 친구한테 동물 귀 달린 모자 있어. 방울 달린 모자도 있고. 어떤 게 더 웃길 것 같아?"

"난 우산 달린 모자 같은 걸 상상했는데."

"그 모자 탐나는데! 하지만 캘리포니아에서는 비 구경하기가 힘들어서 말이야."

이쯤 되자 둘 다 웃음이 터져 버렸다. 웃음은 한동안 공기 중에 머물다 천천히 가라앉았다.

제프가 마야를 일으켜 세우며 말했다.

"가자. 할머니한테로 돌아가야 해. 여기 너무 오래 머물면 좋지 않아."

마야는 고개를 끄덕이며 몸을 떨었다. 이곳은 아름다웠지만, 어딘지 모르게 을씨년스러웠다. 침묵과 어둠이 이곳에 살아 있는 존재가 없다는 사실을 다시금 일깨워 주었다. 나무들조차 생명이 깃든 진짜 나무가 아니었다. 과거와 현재와 미래가 그 속에 갇힌 채, 차갑게 얼어붙은 느낌이었다.

"그럼 네가 나를 처음 만난 순간은 언제야? 그때 그 잔칫날이 아니라면, 난 아직 네가 날 처음 본 그날에 이르지 못한 거잖아. 그러니까 내 말은, 그 순간이 아직 나에겐 일어나지 않은 때라는 거지. 그날이 언제야?"

제프가 마야를 팔꿈치로 쿡 찌르며 말했다.

"똑똑한데? 하지만 말 못 해. 알면 시시하잖아?"

"뭐야. 말해 줘."

"싫은데."

마야가 더 캐묻기 전에 제프가 말을 막았다.

"뭐든 다 때가 있는 법이야. 참, 너만 괜찮으면 그때 그 소풍날 다시 만나자. 나 거기 좋더라."

마야는 제프를 조르는 건 단념하고, 생긋 웃었다.

"좋아, 난 파랑파랑 옷을 입고 올게."

아빠의 빈자리

마야는 매일 같이 쿠키를 만들었다. 혼자 힘으로 시간 여행을 할 수 있게 되기를 바라서였다. 한 가지 음식을 정하고 거기에만 집중했다. 최소한의 노력과 시간으로 결과를 얻을 수 있는 음식은 짭더초 쿠키였다. 하지만 혼자서는 한 번도 성공한 적이 없었다.

"학교에서 쿠키 바자회 하니?"

엄마가 부엌으로 들어왔다가 어질러진 조리대를 훑어보며 물었다. 마야는 밀가루를 계량컵으로 넓적한 그릇에 퍼 담느라 정신이 없었다.

"네? 아! 바자회는 아니에요. 그냥 만들어 보고 싶어서요. 옛날에 엄마하고 같이 만들던 때처럼."

마야는 엄마가 말을 거는 바람에 밀가루를 몇 컵 담았는지 헷갈렸다. 한숨을 쉬며 밀가루를 도로 봉지에 부었다. 처음부터 다시 시작해야 했다. 그러다 마야가 일순간 동작을 멈추고 엄마를 쳐다보았다. 마음 한구석에 어렴풋한 기억 하나가 스치듯 지나갔다. 조리대에 걸터앉아도 될 정도로 몸집이 작았던 어릴 적 한순간, 요리하는 엄마를 구경하던 기억. 엄마의 도우미가 되어 엄마가 달라는 걸 전해 주면서 뿌듯해했던 기억이 떠올랐다.

"엄마……."

엄마가 부엌을 나가려다가 고개를 돌렸다.

"응?"

마야는 눈치를 살피며 볼을 긁었다. 얼굴에 밀가루 자국이 남았다.

"같이 만들래요?"

"아이고, 마야. 엄마 부엌에 서 있을 기운도 없어. 피곤해. 다른 날 하자."

"네."

마야는 목소리에 실망감이 드러나지 않도록 노력했다. 요즘은 엄마와 단절된 것 같았다. 처음엔 크게 신경쓰지 않았다. 익숙해졌고, 어느새 일상이 되었다.

"그냥 생각해 봤어요. 엄마하고 같이 하면 좋을 것 같다고. 나 어렸을 때처럼요. 왜 우린 예전처럼 같이 요리 안 해요? 엄마는 왜 요즘 요리 잘 안 해요?"

마야는 아빠라는 퍼즐, 사라지고 없는 조각들을 떠올렸다.

"아빠는 뭘 좋아했어요? 저는 아빠가 가장 좋아했던 음식이 뭔지도 몰라요. 엄마가 가르쳐 줄 수도 있잖아요."

"엄마가 말했잖아. 아빠는 가리는 음식 없었다고."

"그중에서 제일 좋아하는 게 뭐였어요? 즐겨 드시던 간식은 있었을 거 아니에요?"

엄마는 창밖을 내다보았고, 한참 말이 없었다. 아무 말이라도 해서 다시 엄마의 관심을 끌어야 하나 고민하던 그때, 엄마가 길게 한숨을 내뱉더니 천천히 입을 뗐다.

"캘리포니아에서는 상상하기 어렵지만, 날이 추워지고 눈이 오면 너희 아빠가 즐겨 먹던 게 있었지. 제일 좋아하는 간식이 호떡이었어."

"호떡?"

"달콤한 시럽으로 속을 채운 팬케이크 같은 거야."

"도넛 같은 거예요?"

엄마가 웃었다.

"비슷한데 더 맛있어. 노점상에서 바로 구워서 따끈한 걸 팔았어. 너희 아빠는 호떡 장수만 보면 그냥 지나가는 법이 없었어. 아빠 하나, 너 하나, 꼭 사 먹고 말았지."

"오, 맛있을 것 같아요. 만드는 법 알려 주세요."

엄마가 마야에게로 눈을 돌렸다. 엄마는 깊은 생각에 빠진 얼굴이었다. 그러다 고개를 살살 내젓고는 이내 평소의 엄마로 되돌아왔다.

"그건 안 될 것 같아. 하루 종일 회사에서 너무 힘들었어. 지금은 시간도, 힘도 없어."

마야가 아무렇지 않은 듯이 말했다.

"그냥 좀 궁금했어요. 신경 쓰지 마세요."

엄마가 마야를 보며 희미하게 웃었다.

"다음에 같이 만들어 보자."

하지만 마야는 다음이란 없다는 걸 알고 있었다.

자다에게 다 털어놓을 수 있으면 얼마나 좋을까. 마야는 할머니와 제프에 대해 모조리 말하고 싶은 마음이 굴뚝같았다. 하지만 그럴 수가 없었다. 아직은 아니었다. 일단 혼자서 시간 여행 기술을 완전히 익히기만 하면, 자다를 초대할 수 있다. 그때는 자다에게 직접 확인시켜 줄 수 있을 것이고, 자연스럽게 조언도 구할 수 있다. 그때가 돼야 엄마한테도 말할 수 있을 거다.

'아빠가 가장 좋아한 호떡, 나도 같이 먹었다니까 호떡을 만들어 보면 어떨까? 기억 속에서 아빠를 만날 수 있지 않을까.'

기분이 좋아진 마야는 깡총거리며 할머니 방으로 갔다. 서둘러 문을 열고 들어가자, 할머니가 물었다.

"왜 이리 급하게 다녀?"

"호떡은 어떻게 만들어요?"

할머니가 인상을 썼다.

"호떡? 지금? 아니야, 너무 일러."

마야는 할머니가 거절할 줄은 꿈에도 몰랐다.

"지금은 왜 안 돼요?"

"왜냐하면,"

할머니는 말을 멈추고 방을 둘러보다 창밖으로 눈을 돌렸다.

"날이 추워지고 눈이 내릴 때를 기다려야 하니까."

"여긴 눈 안 오잖아요. 그게 왜 중요해요?"

하지만 할머니는 이미 마음을 정했고, 얼굴에 고집이 가득

했다.

"춥고 눈이 와야 해. 곧 눈이 올 거야. 여기 서울엔 겨울마다 눈이 와. 이제 학교 가야지. 지각하겠다."

할머니는 다시 정신이 오락가락해지고 있었다. 다른 수를 찾는 수밖에 없었다.

이튿날, 마야는 할머니가 낮잠 자는 사이, 엄마가 퇴근해 오기 전에 인터넷을 뒤져 찾은 레시피대로 호떡 만들기에 돌입했다. 하지만 첫 번째도 실패, 두 번째도 실패, 세 번째마저 실패였다. 첫 번째는 태웠고, 두 번째는 설익었고, 세 번째는 속을 너무 많이 넣어 터졌다. 네 번째 도전을 하려는데 할머니가 낮잠에서 깼고, 마야는 급하게 부엌을 치워야 했다.

호떡 만들기의 또 다른 걸림돌은 학교와 친구들이었다. 자다가 짜증을 냈다.

"너 회의 두 번이나 빼먹었어."

평소와 다르게 자다는 메시지를 보내지 않고, 직접 전화를 걸어왔다.

"삽화 그리기 시작하긴 한 거야? 삽화 크기와 개수를 알아야 이지가 전체적인 구상을 할 수 있대."

"알아. 거의 하루도 빠짐없이 이지가 문자 보냈어. 이지 성격

알잖아. 진짜 별나다니까."

"마야, 이 문제만큼은 난 이지 편이야. 난 널 정말 좋아하지만, 이렇게 계속 빠지면 곤란해. 성적의 50퍼센트가 달린 과제라는 거 너도 알잖아."

마야가 사과했다.

"미안해. 집안일 때문에 좀 바빴어."

"알아, 하지만 아무리 그래도 계속 바쁘기만 하진 않을 거 아냐. 오늘 시간 괜찮아? 우리 준비물 사러 갔다가 엠마네 집에 가서 놀 건데, 같이 가자. 엄마가 데려다준대."

마야는 요즘 자신이 친구로서도, 팀원으로서도 낙제점이라는 걸 알고 있었다. 그래서 마음이 편하지 않았지만, 혼자서 시간 여행을 할 수 있게 되면 자다에게 전후 사정을 설명하고 오해도 풀 수 있을 거였다. 그때가 되면 가벼운 마음으로 조별 과제에 집중할 수 있을 것이다. 그렇게 스스로 달래면서도 이러다 자다를 완전히 잃을까 봐 걱정되는 것도 사실이었다. 생각 끝에 마야가 말했다.

"그러자."

한 시간 뒤 마야는 자다를 만났다.

"엠마랑 이지 만나기 전에 잠깐만 키치 키친에 들렀다 가도 돼? 나 앞치마 하나 사야 돼.”

쿠키를 굽느라 계속 옷을 망치는 바람에 갈수록 빨랫거리가 쌓이고 있었다. 셔츠에 묻은 밀가루만 해도 한 봉지를 채우고도 남을 정도였다. 자다가 되물었다.

“앞치마?”

“응. 요새 요리를 좀 많이 했거든.”

자다가 어깨를 으쓱했다.

“그러자. 좀 일찍 도착했으니까.”

둘은 말없이 앞치마 가게로 걸었다. 평소 같으면 수다를 떨거나 농담을 주고받았겠지만, 둘 사이에 살짝 긴장감이 돌았다. 학교 밖에서 같이 다닌 것도 오랜만이지만, 같이 쇼핑을 나온 건 훨씬 더 오랜만이었다.

하지만 쇼핑백을 들고 키치 키친을 나설 즈음에는 분위기가 한결 가벼워져 있었다. 둘은 한창 아이들 입에 오르내리는 소문을 주제로 수다를 떠느라 바빴다. 자다는 프로젝트를 준비하며 함께했던 엠마와의 시간을 신이 나서 들려주었고, 마야는 너무 열중한 나머지 하마터면 그걸 깜빡할 뻔했다. 마야가 자다의 팔을 잡으며 말했다.

“아, 맞다! 잠깐 여기 좀 들렀다 갈래?”

“모자? 저런 큰 모자를 쓴다고? 네가?”

"안 쓰지. 그냥 저 우산 모자를 좀 살 일이 있어서."

"진심이야?"

"재미 삼아. 누구랑 장난으로 하는 게 있어."

"아, 그래? 너하고 그 사람 사이에서만 통하는 장난인가 보네? 그게 누군데?"

마야가 안절부절못하며 답했다.

"어, 우리 할머니."

자기도 모르게 거짓말이 튀어나왔다. 둘도 없는 친구를 이렇게 쉽게 속일 수 있다니, 마야는 스스로도 놀라웠다.

"요즘 할머니가 기분이 가라앉아 계시길래. 기다려. 금방 사올게."

자다가 대답하기도 전에 마야는 모자 가게로 달려 들어갔다. 곧 이지와 엠마를 만날 거라서 잠깐 동안만 자다의 질문을 피하면 될 것 같았다. 자다가 제발 더이상 묻지 않기를. 자다한테 거짓말하는 게 싫었다.

우스꽝스러운 모자를 계산한 마야는 어서 빨리 제프를 만나고 싶었다. 이 모자를 보면 제프가 빵 터질 게 뻔했다. 혼자 힘으로 시간 여행에 성공하기만 한다면.

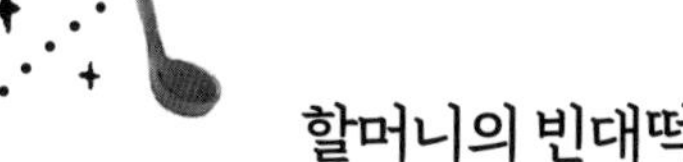

할머니의 빈대떡

· 마야의 구체적인 계량법을 더함! ·

녹두 2컵 / 물 3/4~1컵+녹두 불림용 물 / 소금 1/2작은술 / 간장 2작은술

다진 마늘 1작은술 / 참기름 1큰술 / 식용유

취향에 따라 재료 추가: 파, 김치, 숙주나물, 다진 고기나 해산물

양념장 간장 2큰술 / 쌀식초 1큰술 / 입맛에 따라 고춧가루

1. 말린 녹두를 잘 씻어 부드러워질 때까지 5~6시간 불려 물기를 뺀다.
2. 불린 녹두에 물과 소금을 넣어 간다.
3. 간 녹두에 간장, 마늘, 참기름을 넣어 섞는다.
4. 취향에 따라 재료를 추가한다. 채 썬 파, 숙주나물, 잘게 썬 김치, 다진 고기나 해산물을 넣어도 좋다.
5. 팬에 식용유를 살짝 두른 뒤 중불로 달군다.
6. 반죽을 팬케이크 모양으로 조금씩 떠서 올린다.
7. 반죽이 노릇해질 때까지 익힌다.
8. 반죽을 뒤집어 양면이 노릇해지고 가장자리가 바삭해질 때까지 몇 분 더 익힌다.
9. 나머지 반죽으로 같은 과정을 반복한다.
10. 간장과 쌀식초를 섞어 양념장을 만든다. 취향에 따라 매운맛을 내고 싶으면 고춧가루를 추가한다.
11. 뜨거울 때 양념장에 찍어 먹는다!

6

우정의 짭더초 쿠키

쿠키 던지고 받기

일주일 후, 자다가 마야네 집에 놀러 왔다. 마야의 엄마와 자다네 부모님은 함께 저녁을 먹으러 외출한 뒤였고, 자다의 남동생들은 친구네 집에서 자고 온다고 했다.

지난번에 마야가 모자 가게에 혼자 들어갔다가 나온 뒤로 자다는 좀 이상하게 굴었다. 엠마네 집에서는 괜찮은 척했지만, 그건 엠마를 의식하느라 그런 것 같았다. 마야는 자다와의 사이가 여전히 굳건하다는 걸 확실히 하고 싶었다. 자다가 제일 좋아하는 체리 소다로 냉장고를 채워 놓았고, 자다가 마음에 들어 할 만한 화려한 색깔의 매니큐어 세트와 스티커도 샀다. 같이 영화 보고 매니큐어를 칠하면서 느긋하고 재밌는 밤을 보낼 수 있을 것이다. 마야는 둘도 없는 친구를 잃지 않겠노라 단단히 마음먹었다.

"맛있는 거 없어?"

자다가 거실 소파에 털썩 앉았다.

"우리 엄마랑 할머니 알잖아."

"우리는 자라나는 청소년이야! 필수 식품군을 먹어 줘야 한다고. 초콜릿, 쿠키, 감자칩, 사탕."

"맞다, 그게 있었지."

마야가 기즈모를 무릎에서 내리고, 소파에서 벌떡 일어나 부엌으로 갔다.

“맛있는 거 있어.”

“그래? 뭔데?”

“쿠키!”

“여기서 말하는 쿠키란? 바로 짭더초?”

“당근 짭더초지. 더 맛있는 쿠키가 세상에 있나? 그런데 한 가지 사소한 문제가 있어.”

자다가 한쪽 눈썹을 치떴다.

“뭔데?”

“우리가 직접 만들어야 해.”

마야가 밀가루 한 봉지와 초코칩 한 봉지를 번쩍 들어 올렸다. 자다가 앓는 소리를 내며 말했다.

“근데 반죽을 숙성시킬 시간은 없겠네. 숙성해야 더 맛있는데!”

마야는 자다가 툴툴대든 말든 믹서를 꺼냈다.

마야가 버터와 설탕을 섞어 반죽을 완성할 즈음, 자다는 신나게 초코칩을 오물거리며 종이 포일을 잘랐다. 자다는 마야네 집이라서 지휘권을 양보했지만, 한번씩 이래라저래라 참견했다.

“밀가루는 살살 섞어야 해.”

“알아.”

"난 네가 짭더초 만드는 법을 존중하고 있는지 확인하려는 것뿐이야."

마야가 초코칩을 하나 자다에게 살짝 던졌고, 자다는 날렵하게 입으로 받고는 깔깔 웃었다.

"쿠키로는 나 못 이겨!"

마야는 자다에게 초코칩을 한 움큼 던져 버릴까 했지만, 기즈모가 달려와 몽땅 먹어 치우는 위험을 감수하고 싶지는 않았다.

마야가 납작한 팬에 종이 포일을 깔고, 작은 공 모양으로 빚은 반죽을 올렸다. 반죽 속에서 초콜릿이 녹으면서 풍기는 달콤한 냄새가 부엌을 가득 채웠다. 밑바닥이 노릇하게 바삭해졌고, 반죽에 고작 몇 방울 첨가한 바닐라가 놀라우리만치 진한 향을 내뿜었다.

마야가 자다를 보고 빙긋 웃으며 말했다.

"아저씨가 이 쿠키를 구워 주셨던 그날을 평생 못 잊을 거야. 천국의 맛이었어."

오븐에서 쿠키를 꺼내 식힘망 위에 올리는 마야를 보며 자다가 깔깔 웃었다.

"기억나. 너 쿠키 처음 먹을 때 눈 감고 있었잖아. 그러더니 하나 더, 다시 하나 더."

"맞아, 맞아. 인정! 아저씨의 짭더초는 최고였어."

자다가 쿠키 쪽으로 몸을 붙이며 크게 숨을 들이마셨다.

"이제 적당히 식었나? 뜨거운 맛 좀 볼래? 아니면 몇 분 더 기다릴래?"

자다와 마야가 서로를 쳐다보고는 동시에 외쳤다.

"먹자!"

둘은 손끝으로 조심조심 커다란 쿠키를 골라잡았다. 따끈따끈하고 부드러운 쿠키를 한입 베어 무는 순간, 마야는 습관처럼 눈을 감았다. 갓 구운 쿠키보다 맛있는 게 또 있을까. 오늘은 자다와 함께라서 더 맛있었다. 자신의 능력으로는 시간 여행이 불가능하다는 답답함을 느끼며 혼자 쿠키를 먹을 때와는 비교할 수 없는 맛이었다.

"역시 짱더초!"

자다가 두 번째 쿠키를 집어 손에서 손으로 던지며 자랑하듯 말했다.

"나 쿠키 던지고 받기 한다!"

마야가 끙, 소리를 냈다.

"네가 처음 그거 했을 때부터 하나도 재미없었거든!"

마야가 장난스럽게 자다를 쿡 찔렀다. 그때였다. 마야의 손가락이 자다의 팔에 닿는 순간, 뒤에서 뭔가가 잡아당기는 느낌에 마야의 몸이 휘청였다. 자다가 인상을 쓰며 물었다.

"지금 뭐야?"

마야가 손에 쥔 쿠키를 한 입 베어 물고, 혀끝으로 부드러운 초콜릿 맛을 음미하며 자다의 팔을 붙잡았다. 눈을 감고, 옛날에 자다가 쿠키를 가지고 장난했던 어린 시절을 떠올렸다. 사소한 것들까지 떠올리려고 정신을 집중했다. 마야가 입고 있던 있던 파란색 셔츠와 반바지, 자다의 빨간색 옷도 생각했다. 윌리엄스 아저씨의 얼룩 하나 없는 빳빳하고 새하얀 셔츠. 아저씨는 뜨거운 쿠키 팬에 닿을까 봐 둘의 손을 탁, 쳐 냈다. 가까이 오면 식을 때까지 자다 방에서 기다리게 하겠다고 으름장을 놓았다. 마야는 쿠키 위에 뿌려진 커다란 소금 알갱이들을 관찰하며 왜 설탕이 녹지 않았냐고 물었던 기억도 났다.

"마, 마야? 지금 이거 무슨 일이야아아?"

자다의 목소리가 덜덜 떨리고, 말끝이 길게 늘어졌다. 마야가 감았던 눈을 떴다.

마야와 자다는 거기에 있었다.

비밀은 이제 그만

마야와 자다 앞에는 지금보다 어린 마야와 자다가 서로 우스

짱스러운 표정을 지으며 키득키득 웃고 있었다. 의자 위에 무릎으로 서서 윌리엄스 씨가 오븐 장갑을 끼기만을 기다리고 있었다. 윌리엄스 씨가 오븐을 열며 둘에게 일렀다.

"다 됐다고 할 때까지 가까이 오면 안 돼."

뜨거운 열기가 얼굴을 때리자, 둘은 눈을 꼭 감았다. 윌리엄스 씨가 쿠키 팬을 조심스럽게 식힘망에 올렸다. 팬이 철제 식힘망에 챙 하고 부딪치는 소리에 두 아이가 눈을 번쩍 뜨더니 곧바로 손을 뻗었다. 윌리엄스 씨가 둘의 손을 찰싹 때렸다.

"떨어지랬지, 뜨거워. 내가 다 됐다고 하면 하나씩 먹는 거야."

꼬마 마야가 말했다.

"냄새가 너무 좋아요!"

"우리 아빠는 지구에서 제일 맛있는 쿠키를 만드는 사람이야!"

꼬마 자다는 우쭐해하며 쿠키 하나를 낚아채려 했지만, 윌리엄스 씨는 뒤통수에도 눈이 달렸는지 몸을 돌려 다시 한번 자다의 손을 찰싹 때렸다.

"아빠가 뭐랬지?"

자다가 뾰로통해서 말했다.

"기다리기 너무 힘들단 말야."

"한 번만 더 그러면 쿠키 다 식을 때까지 둘 다 방으로 보낸다?"

마야는 양손을 등 뒤로 한 채로 쿠키를 자세히 들여다보았다.

"근데 왜 아직 쿠키 위에 설탕이 있어요?"

"설탕 아니고 소금이야. 이 쿠키의 비법이 바로 그 소금에 있거든. 곧 알게 될 거야."

마야는 조리대 옆에 서서 꼬마 마야와 꼬마 자다를 번갈아 쳐다보았다.

'해냈네. 내가 해냈어.'

요리 타이머가 울리자, 윌리엄스 씨가 드디어 아이들에게 쿠키를 허락했다. 자다가 말한 대로 꼬마 마야는 큼직하고 따끈따끈한 쿠키를 한입 베어 물며 눈을 스르륵 감았다.

마야는 갑자기 팔에 통증을 느끼고는 멍한 상태에서 깨어났다. 자다가 팔을 꽉 쥐었던 것이다.

"이거 뭐야? 어떻게 이럴 수가 있어?"

마야는 드디어 성공했다는 사실에 너무 도취한 나머지 자다를 생각지 못했다. 지금 자다가 얼마나 당황스럽고 또 무서울지 누구보다 잘 아는데도.

"미안해. 괜찮아, 아무 문제 없어. 말도 안 되는 상황이라고 생각하는 거 아는데, 완전히 정상이야. 아니, 상대적으로 정상이라고. 여기서는 정상이야."

마야가 꼬마 마야와 꼬마 자다, 그리고 윌리엄스 씨를 가리키며 말했다. 자다는 몇 번이나 침을 삼키며 눈앞에 펼쳐진 장면을 바라보았다. 동공이 불안하게 흔들렸다. 마야의 말에도 전혀 진정되지 않는 눈치였다. 마야가 다시 말했다.

"내가 다 설명할게. 먼저 마음 좀 가라앉혀. 그리고……."

바로 옆에서 울리는 전화벨 소리에 마야의 말이 끊겼다. 윌리엄스 씨가 바지에 손을 문질러 닦고, 전화를 받기 위해 두 사람 쪽으로 왔다. 윌리엄스 씨가 스치듯 지나가며 자다의 몸 한쪽을 그대로 통과했다. 자다는 입이 동그래지더니 공포에 질려 두 손으로 얼굴을 감쌌다. 마야가 다급히 외쳤다.

"안 돼! 내 손 놓지 마."

한발 늦었다. 자다는 이미 사라지고 없었다. 이제 어쩐다? 마야는 혼자였다. 할머니 없이 현재로 되돌아갈 일이 암담하기만 했다.

마야는 어린 시절의 자신과 자다를 쳐다보았다. 둘은 윌리엄스 씨가 전화를 받는 동안 얼굴이며 손에 초콜릿을 잔뜩 묻혀 가며 신나게 쿠키를 먹느라 바빴다. 윌리엄스 씨는 곧 전화를 끊고 와서 그만 먹고 가서 씻으라고 둘을 쫓아낼 것이다.

마야는 집으로 돌아갔을 때 부디 자다가 그곳에 있기만을 바랐다. 또 자다가 모든 걸 이해해 주기를 바랐다.

"나 쿠키 던지고 받는다!"

어린 자다가 쿠키 몇 개를 공중으로 던지며 장난을 쳤다. 어린 마야는 키득키득 웃음을 터트렸고, 친구를 따라 하려고 떨어진 쿠키로 손을 뻗었다.

"너희들 뭐해?"

부엌으로 돌아온 윌리엄스 씨는 마야와 자다가 만들어 놓은 난장판을 어이없는 듯 바라보더니 둘이서 몇 분도 안 돼 먹어 치운 엄청난 양의 쿠키에 기겁을 했다.

"아무것도 만지지 마! 둘 다 이리 와서 손 씻고 세수해. 자다, 쿠키 더 먹을 생각은 하지도 마. 내려놔, 어서!"

자다는 망설이다가 호들갑스럽게 씩씩거리며 결국 쿠키를 내려놓고 터덜터덜 싱크대로 향했다. 마야는 친구를 따라가면서도 설탕이 온몸을 타고 돌며 일으키는 낯설고도 짜릿한 흥분에 몸을 거의 부르르 떨고 있었다.

귓가에 수돗물 트는 소리가 들리는가 싶더니, 마야는 어느새 현재로 돌아와 있었다. 눈앞에는 넋 나간 얼굴의 자다가 서 있었다. 자다가 움찔하며 말했다.

"갑자기 사라지질 않나, 난데없이 나타나질 않나!"

자다는 머뭇머뭇 손을 내밀어 진짜인지 확인하려는 듯 마야의 팔을 만져 보았다.

"지금 이거 진짜 맞아?"

"응. 그리고 아까 그 일도 진짜였고."

흥분과 안도 속에 마야가 참았던 말을 쏟아 내기 시작했다.

"그동안 너한테 비밀로 했던 게 바로 이거야. 말하고 싶었지만, 네가 믿을 것 같지 않았어. 직접 보여 줄 수 있을 때까지 기다리고 기다렸어."

충격에 빠졌던 자다의 얼굴은 차츰 분노로 바뀌었다.

"빨리도 말해 주네, 진짜! 미리 말이라도 해 줘야지. 지금, 지금 이런 걸 하기 전에. 네가 한 게 뭔지는 몰라도."

자다가 나가려고 돌아섰다. 마야가 빠르게 자다를 붙잡았다.

"미안해. 정말, 정말 미안해. 일부러 그런 건 아니야. 너하고 같이 이 쿠키를 처음 먹었던 때를 신나게 얘기하는 사이에 너무 갑작스럽게 벌어진 일이란 말이야."

마야가 자다의 양팔을 꽉 잡고 말을 이었다.

"이제는 말할 수 있어. 너도 봤잖아. 내가 너하고 나를 과거로 데려간 거야."

"마야, 시간 여행 같은 건 없어. 가능한 일이 아니잖아."

마야가 되물었다.

"그럼 우리가 방금 뭘 한 것 같아? 그걸 달리 어떻게 설명할 건데? 그리고 나만 이걸 할 수 있는 게 아니야. 내 말은, 방금 전까지만 해도 나 혼자선 할 수 없는 일이었단 소리야. 그런데 제프 말이, 내가 연습만 많이 하면 된대. 나한테 타고난 능력이 있대. 맞다, 이제 제프 얘기도 해 줄 수 있겠다!"

"우아, 우아, 우아. 좀 천천히 말해. 이 미친 소리를 한꺼번에 풀어 놓지 말고."

자다의 외침에 마야의 흥분이 사그라들었다. 마야가 중얼거리듯 말했다.

"난 미치지 않았어. 너도 봤잖아."

자다가 마야를 의자로 데려갔다.

"네가 미쳤단 얘기가 아니야. 일단 좀 앉자. 그리고 다 말해 봐. 전부 다 말해 보라고. 더 아무것도 숨기지 말고. 그리고 약속해. 예고 없이 다시는 이런 짓 하지 않겠다고. 난 하룻밤에 두 번은 감당 못 해."

마야는 의자에 앉았고, 남은 쿠키를 먹으며 둘도 없는 친구에게 모든 사실을 털어놓았다.

두 개의 목록

할머니와 떠났던 처음 몇 번의 시간 여행 이야기가 다 끝나 가도록 자다는 아무 말도 하지 않았다. 지난 몇 달 동안의 일을 드디어 말하는 지금, 마야는 마음이 얼마나 편한지 몰랐다. 그동안 본 것뿐만 아니라 제프를 만나고 나서 떠났던 여행까지, 모든 이야기가 봇물 터지듯 쏟아져 나왔다. 마야가 모든 이야기를 마친 뒤에야 자다가 입을 열었다.

"흠, 네가 왜 나한테 아무 말도 하고 싶지 않았는지 이제 알겠어. 내 눈으로 직접 보지 않았다면 네 말을 믿었을지 자신이 없어."

자다가 몸을 부르르 떨며 덧붙였다.

"너무 오싹해. 아빠가 내 몸을 통과하는데, 난 순간 내가 죽었나, 아니면 귀신이 됐나 했다니까."

"미안해. 겁줄 생각은 없었어."

"아직도 진정이 안 돼."

자다가 의자에 등을 기대고는 손등을 이마에 얹으며 부러 엄살궂은 자세를 해 보였다. 마야가 빙긋 웃었다. 자다가 장난을 친다는 건 이제 화가 풀렸다는 뜻이니까.

자다가 재빨리 자세를 바꾸며 벌떡 일어나 마야를 향해 주먹을 흔들어 보였다.

"진심으로 하는 말인데 예고 없이 나한테 또 그러면 가만 안 둬!"

"약속해, 절대 안 할게!"

"근데 내가 거기로 가고 싶을지도 모르겠다."

자다가 잠시 망설이다가 말을 이었다.

"흠, 당분간은 아닐 것 같지만. 과거로 가서 좀 다른 걸 해 보면 재밌을 거 같아."

"그건 불가능해. 우리는 거기서 과거를 바꿀 수도 없고, 누구하고도 말할 수 없어. 아까 아무도 우리를 볼 수도 만질 수도 없었잖아, 기억하지?"

"뭐야? 과거로 갈 수 있는데 할 수 있는 건 아무것도 없다! 그럼, 뭐야? 왜 과거로 가는 거야?"

마야는 잠시 멈칫했다. 어떻게 설명해야 자다가 이해할 수 있을까. 그저 누군가를 보거나 어떤 장소에 있는 것만으로 좋을 때가 있다는 걸. 마야는 할머니가 당신의 남편과 엄마, 그리고 시간 여행 속 모든 순간에서 느끼는 감정이 그런 게 아닐까 생각했다. 마야 역시 아빠를 볼 수 있다면, 한 공간에서 같은 시간을 보낼 수만 있다면 그 무엇을 내줘도 아깝지 않을 것 같았다. 아빠를 웃게 만드는 것과 아빠의 나쁜 습관까지 알고 싶었다. 연습만 잘하면 언젠가는 아빠를 찾을 수 있을지도 몰랐다. 과거에 두 사람이 함께했던 그 꿈결 같은 순간을 통해. 그게 어렵다면 시간의 과수원에서라도 찾을 수 있지 않을까. 마야가 망설이며 입을 뗐다.

"음, 처음 몇 번은 나도 방금 전 너처럼 무작정 과거로 끌려갔으니까 당혹스러웠어. 그런데 자꾸 과거로 가고 싶은 마음이 들더라. 이게 뭔지 알고 싶었거든. 넌 내가 다 말해 주니까 나보다는 나아. 우리 할머니는 당신이 내킬 때만 토막토막 알려 주셔. 전체를 이해할 수 있게 말해 준 적이 없어서 오랫동안 혼란스러웠거든. 할머니는 과거에서 위로를 얻으시나 봐. 기억이 자꾸 사라지니까, 과거의 장면들을 눈으로 보는 게 할머니한테는 기쁨인 것 같아. 어쩌면 할머니가 나한테 무언가를 보여 주려고 애쓰는 것 같기도 해. 뭘까?"

자다가 놀리듯 말했다.

"그러다 제프를 만났고."

"맞아. 제프를 만났지. 그런데 네가 생각하는 것과는 달라. 그보다는 제프가 나한테 했던 말들이 중요해. 시간이 지나면 차원을 넘나드는 법을 배우고, 시간 여행자들을 만날 수 있고, 과거의 어느 순간으로든 들어갈 수 있다는 말. 생각해 봐, 그게 얼마나 대단하겠어?"

"하지만 거기서 할 수 있는 게 없잖아. 과거를 바꿀 수 없다며."

"맞아. 바꾸고 싶은 것들이 있지만, 그렇게 되면 지금과는 모든 게 달라질 거야. 나도 지금의 나와는 다를 거고. 하지만 그 대신 사람들에 관해 알 수 있잖아. 예를 들면 우리 아빠 말이야."

자다가 마지막 쿠키를 오물거리던 입을 멈췄다. 입가의 부스러기를 털어 내고 침을 삼켰다.

"마야. 그건 생각 못 했어. 정말 그러네."

마야가 어깨를 으쓱했다.

"어차피 지금 당장은 그중에 하나도 못 하는데, 뭘. 먼저 내가 마음먹을 때마다 과거로 갈 수 있는 방법을 익혀서 제프를 찾아야 해. 그래야 제프에게 배울 수 있어."

"그럼, 어떻게 제프를 찾아? 걔는 널 어떻게 찾았대?"

"말을 안 해 줘!"

마야가 앓는 소리를 내며 의자에 털썩, 앉았다.

"그날 나는 제프를 처음 만났는데, 걔는 그때 날 처음 본 게 아니래. 그렇다면 걔랑 나랑 진짜 처음 만난 날은 내겐 아직 오지 않은 미래야. 궁금해 죽겠는데 말해 주면 재미가 없대."

"이게 재미가 있고 없고의 문제야?"

"그렇지? 너무 짜증 나!"

자다의 눈빛이 이상하게 반짝였다. 머릿속에서 생각이 폭주하고 있다는 뜻이다. 자다는 정말 똑똑해서 어떤 때는 마야가 따라가기 벅찰 정도였다. 어쩌면 똑똑해서라기보다는 혼자서 마구잡이식으로 생각을 이어 가다가 엉뚱한 쪽으로 튀는 게 주특기라고 말하는 게 맞겠다. 그러면서 남들이 자기 생각을 따라올 거라고 기대하는 일이 한두 번이 아니다. 하지만 바로 그런 점이 자다의 가장 큰 장점이다. 아무도 생각하지 못하는 연결 고리를 찾을 줄 아는 아이.

"정리를 좀 해 보자. 우리는 두 개의 목록을 만들 거야."

자다가 가방에서 수첩을 꺼내 가운데에 세로로 선을 그었다.

"지금 네 문제는 두 개거든. 너희 할머니가 너에게 무엇을 보여주려고 하신 건가. 제프는 어떻게 찾을 것인가."

가운데 선 왼쪽 상단에는 '할머니', 오른쪽 상단에는 '제프'라고 적었다.

"먼저 할머니 칸에 네가 할머니하고 갔던 때를 쭉 적어 보자."

자다가 각각의 여행을 짧게 기록했다. 그러고는 목록을 들여다보며 손에 쥔 펜을 잘근거렸다. 이빨 자국이 가득한 볼펜 끝에 새로운 이빨 자국이 남았다.

"흠, 뭔가 주목할 만한 부분이 안 보이는데. 생신 잔칫날로 널 데려간 건 할머니가 행복한 순간을 다시 찾고 싶은 마음에서 그러신 것 같고, 소풍은 네가 제안했고."

자다가 조리대 맞은편에 앉은 마야를 향해 수첩을 휙 던졌다.

"네가 직접 봐 봐. 할머니는 그냥 너한테 시간을 거슬러 가는 법을 가르쳐 주고 싶은 걸지도 몰라."

마야는 고개를 내저으며 수첩을 다시 자다 쪽으로 내밀었다.

"아니. 그게 다는 아닌 것 같아. 그게 유일한 이유는 아닐 거란 말이지."

"너희 엄마는? 아줌마한테 물어볼 생각은 해 봤어? 이제 아줌마랑 같이 가서 보여 줘도 되잖아. 그럼 아줌마도 네 말을 믿으실 거 아니야."

마야는 대답을 망설였다. 애초의 계획은 그랬다. 하지만 막상 엄마에게 이야기할 생각을 하니 걱정이 앞섰다. 아빠를 찾고 싶은 마음을 엄마가 이해할지 미지수였다. 아빠 나무를 찾지 못하게 설득하거나 막으려 들지 않을까? 과거에 연연하지 말고 지금의 생활에 집중하라고 혼내지는 않을까?

"할머니 말씀이 이 능력은 같은 가족이라도 세대를 건너뛰어서 나타나는 경우도 있대. 그리고 난 아직 엄마한테 보여 줄 준비가 안 됐어. 엄마를 데려가기 전에 이게 뭔지 더 알고 싶어."

"그럼, 정보를 더 얻어야지. 할머니하고 더 다니면서 많은 얘기를 들어 봐."

"그래. 그게 좋은 작전 같다."

자다가 할머니 쪽 빈 칸에 적었다. 더 많이 가 보기, 더 많은 이야기 들어 보기.

"좋아, 이번엔 제프. 제프는 제프리의 애칭이겠지? 성은 알아?"

마야가 고개를 흔들었다.

"어디 사는지는?"

마야가 다시 고개를 저었다.

"전화번호는 있어? 이메일 주소는? SNS는? 뭐든 아는 거 말해 봐."

"미안, 없어."

"뭘 알아야 검색을 하지. 이름, 사는 곳, 사건."

마야는 제프와의 여행을 하나하나 떠올려 보았다. 아주 사소한 정보라도 생각해 내려고 머릿속을 샅샅이 뒤졌다.

"맞다. 워싱턴 디시 부근에 산댔어. 그리고 달리기를 해. 하프 마라톤을 뛰었다고 그랬는데. 그리고 형제가 둘이야. 형 하나, 남동생 하나. 남동생 이름이 마이클인데 제프가 아홉 살 때 교통사고로 죽었어. 나머지 가족은 몰라. 한국인 같긴 한데, 혹시 아니라 해도 나보다 한국어 억양이 좋은 건 확실해."

자다가 들은 내용을 수첩에 적으며 정보가 더 필요하다고 압박했다.

"마야, 조사를 시작하려면 이 정도 갖고는 정말 곤란해. 최소한 성이라도 알아야지. 제프라는 이름이 얼마나 흔한데. 성을 알아 와. 그럼 내가 그 애를 찾아 줄게."

그러더니 갑자기 펜을 툭 떨어뜨리고 입을 떡 벌린 채 마야를 뚫어져라 쳐다보았다.

"제프였구나, 맞지?"

마야가 의아해하며 고개를 갸웃했다.

"그래, 이름이 제프야. 우리 방금 그 얘기 하고 있었잖아."

"아니. 그 우산 모자, 제프 주려고 산 거 맞지?"

마야가 깔깔 웃었다.

"맞아. 그런데 아직 주진 못했어."

자다가 배꼽을 잡고 웃었다.

"완전 딱이네. 둘 다 진짜 바보 같아."

마야도 웃으며 펜을 집어 자다에게 던졌다.

"그런 거 아니야. 우린 그냥 좋은 친구야."

자다가 펜을 마야에게 되던지며 놀렸다.

"그러니까 데이비드하고는 다르다?"

펜이 몇 번 더 마야와 자다 사이를 오갔다. 자다가 말했다.

"다 말해 줘서 다행이다. 뭔가 이상하다고 쭉 생각했거든."

"너한테 말할 수 있어서 얼마나 후련한지 넌 모를 거야."

마야는 친구 마야가 가족 마야 옆에 편안히 자리 잡는 느낌이 들었다. 두 마야가 서로를 위해 자리를 내어 준 덕분에 자다와 즐겁게 웃고 떠들며 남은 밤을 보낼 수 있었다.

파랑파랑 마야

며칠 뒤, 엄마는 야근 중이었고, 할머니는 몸이 좋지 않아 또 다시 일찍 잠자리에 들었다. 마야는 저녁으로 먹을 냉동식품을 데운 뒤 숙제를 마무리하려고 식탁에 앉았다. 발치에는 기즈모가 코를 골며 자고 있었다. 수학 숙제를 절반쯤 끝냈을 때 머릿속이 멍해지기 시작했다. 마야는 휴대전화를 꺼내 자다에게 문자를 보냈다.

왜?

숙제에 파묻혀 압사 중

식상해

새로운 제프 소식은?

없어

시간 여행 다녀왔어?

아니.

왜 안 가??? 가! 가! 가!

마야는 자다 때문에 시간 여행 생각이 머리에 박혀서 숙제에 더는 집중할 수가 없었다. 이제는 마야도 할 수 있었다. 혼자서도 갈 수 있었다. 왜 주말을 그냥 흘려보냈을까? 어제만 해도 그곳에 다시 가려고 김밥을 더 만들지 않았나. 마야는 '난 지금 무엇을 기다리고 있는 걸까?' 하고 생각했다. 책을 덮고 방으로 갔다. 아끼는 파란 스웨터와 우스꽝스러운 무지개색 우산 모자를 챙겼다. 기즈모가 기대에 찬 눈빛으로 마야를 졸졸 따라다녔다. 마야는 부엌으로 되돌아와 냉장고를 열었다. 김밥 통을 꺼내 김밥 몇 개에서 소고기와 달걀을 골라 기즈모 밥그릇에 던져 주었다. 마야는 차가운 김밥을 베어 물며, 젊은 날의 할머니가 학교 친구들과 소풍을 갔던 그날을 떠올렸다. 마야가 태어나기도 전의 일이 어느덧 마야의 기억이 되었다는 게 재미있었다.

처음에는 아무 일도 일어나지 않았다. 마야는 집중하기 위해 눈을 감고 장면을 마음속에 그려 보았다. 찬란하게 빛나는 태양, 눈부시리만치 푸른 하늘, 매끈하고 둥근 초록빛 왕릉, 제프를 찾으려 했던 작은 사당.

이번에는 조금 느리긴 했지만, 마침내 마야는 얼굴과 두 팔 위로 강렬한 태양의 열기가 느껴지는 낯익은 그곳에 다다랐다. 학교를 벗어난 하루에 들뜬 여학생들의 요란한 웃음소리와 시끌벅적한 수다 소리가 들렸다. 마야는 눈을 떴다. 여학생들은 삼삼오오 자리를 잡고 앉아 김밥과 삶은 달걀이 가득한 도시락을 펼쳤다. 여름 방학 같은 화창한 날, 야외에 나와 있으니 기분이 좋았다. 현숙의 무리를 눈여겨보던 마야가 근처 나무들로 눈을 옮기며 지난번 여행의 흔적을 찾았다. 서로 다른 차원에 있다는 걸 알면서도 어렴풋하게나마 혹은 그림자로라도 다른 시간대의 자신과 할머니의 모습이 보이지는 않을까, 하는 기대에서였다. 하지만 보이는 건 없었다.

마야는 천천히 언덕을 오르며 제프를 찾아다녔다. 언덕 꼭대기에 다다랐지만 제프는 보이지 않았다. 아무도 자기를 볼 수 없다는 걸 알면서도 우산 모자를 쓴 게 좀 부끄럽게 느껴졌다.

마야는 제프의 이름을 부르며 언덕 위를 이리저리 돌아다녔다. 갑자기 뒤에서 코웃음 소리가 들렸다. 마야가 돌아서자마자 제프가 소리쳤다.

"모자 좀 봐! 진짜 우산 모자를 샀을 줄이야!"

제프가 웃음을 터뜨렸다.

"난 파랑파랑한 마야를 찾고 있었는데, 이게 훨씬 찾기 쉽네!"

"다음번 만날 때 쓰려고 했는데, 도저히 참을 수가 있어야지."

마야가 모자를 벗고 헝클어진 머리를 매만졌다.

"자, 너 가져. 언젠가 나도 너 같은 능력이 생기면 그땐 내가 처음으로 이 모자를 쓴 널 찾을 테니까."

"흠, 처음은 아닐걸. 두 번째일지도."

제프가 모자를 쓰며 던진 말에 둘은 또다시 웃음이 터졌다. 마야가 활짝 웃으며 자랑스럽게 말했다.

"나 드디어 해냈어."

마야가 소풍을 나온 여학생들을 손짓하며 말했다.

"오늘은 할머니 없어. 나 혼자 온 거야."

"와!"

제프의 얼굴에 환한 미소가 번졌다.

"벌써? 너 혼자 힘으로 해낸 거야?"

제프의 열정에는 전염성이 있었다. 마야는 그런 제프에게서 큰 힘을 얻었다.

"응. 오늘이 처음도 아니야. 이게 이렇게 기운 달리고 집중하기 힘든 일인지 몰랐어."

"익숙해질 거야. 금방 나보다 잘하겠는데."

"설마!"

"넌 무조건 나보다 잘할 거야."

"너처럼 차원을 넘나든다고? 혼자 여기 오는 것도 힘들어 죽을 것 같은데."

"그게 어떤 건지 경험해 볼래?"

무서우면서도 흥분이 되었다. 마야는 잠시 주저하다 말했다.

"좋아."

제프가 한 손을 내밀었다.

"너도 아는 방법이야. 적어도 여기까지는."

마야가 제프의 손을 잡고 마음의 준비를 마치기 무섭게 둘은 끝없는 굴속으로 끌려 들어갔다.

먼저 찾지 않을 거야

두 발이 단단한 바닥에 닿고, 멀리 과수원의 불빛이 보이고서야 마야는 마음을 놓았다. 제프와 마야는 출입문을 두드려 문이 열리기를 기다렸다가 곧장 황금빛 과수원으로 들어섰다. 제프가 마야의 손을 붙잡은 채로 앞장서서 나무 사이를 내달렸다. 마야가 소리쳐 물었다.

"우리 어디 가는데?"

"나도 찾아야 알아."

나무와 나무 사이를 달리다 보니 마야는 점점 방향 감각을 잃었고, 어지러웠다. 이 나무가 저 나무 같고, 저 나무가 이 나무 같았다. 제프가 무슨 수로 나무를 구별하는지 알 수 없었다. 제프가 걸음을 늦추더니 어떤 나무에 가만히 손을 가져다 댔다.

"이 나무야."

제프가 높은 나뭇가지에서 대롱거리는 보석 같은 열매를 가만히 올려다보았다.

"누구 나문데?"

나무를 타고 내려온 제프의 시선이 마야에게 닿았다.

"내 나무."

"정말?"

마야는 손을 뻗어 반짝이는 나무껍질을 만져 보았다. 자기 나무에서 느꼈던 것과 다른 점이 없어서 조금 실망스러웠다.

"어떻게 찾은 거야?"

제프가 어깨를 으쓱했다.

"그냥 찾았어. 설명하기 어려워. 오랜 여행을 마치고 집으로 돌아갈 때의 느낌이랄까. 왜 그런 거 있잖아. 익숙한 모퉁이를 돌기 시작하면 집에 다 왔구나 싶은 거."

"동물의 본능 같은 거. 언제 어디서도 집으로 가는 길을 찾잖아."

"바로 그거야. 여러 번 시도할수록 더 쉬워져."

"네 나무를 찾는 게 가장 쉬웠겠구나!"

"음, 그것도 맞아. 또 우리 같은 사람들 나무는 찾기 수월하거든."

"우리 같은 사람들 나무?"

"음, 우리 나무는 다른 나무들과는 달라. 조금 특별해. 내 나무를 봐. 휘어지고 갈라진 모양 보여?"

제프가 하나의 줄기가 여러 개로 갈라지는 지점을 가리켰다. 줄기가 마치 빙글빙글 돌며 춤추다 말고 얼어붙은 것처럼 뒤틀려 있었다.

"우리 나무는 곧게 뻗어 있지 않아. 과거, 현재, 미래를 순서대로 사는 사람들의 나무는 곧게 뻗어 있지. 그런데 우리는 아니야. 우리 시간은 뒤죽박죽이야. 우리 나무처럼."

마야는 제프의 나무를 찬찬히 살펴보았다. 뒤틀린 부분의 돌기와 굴곡이 무용수들의 다리에 드러난 팽팽한 힘줄을 연상시켰다. 마야는 나무에서 손을 떼지 않은 채로 주변의 다른 나무들을 보았다. 말쑥하고 곧은 나무가 대부분이었지만, 줄기가 뒤틀린 나무도 보였다. 나뭇잎이 바스락거리는 소리가 들렸다. 바로 머리위에서 들리는 소리였다. 우툴두툴하고 두꺼운 가지 하나가 마치 허리 숙여 춤을 청하려는 듯 제프 쪽으로 내려왔다. 가지에 달린 눈부신 감 보석 몇 개가 가지를 따라 흔들거렸다. 마야는 제일 가까운 감을 들여다보려다가 몸을 뺐다. 이건 제프의 사적인 순간들이었다. 다른 사람이 살아온 순간을 함부로 엿볼 수는 없었다. 제프의 초대를 기다려야만 했다.

제프가 손에 감 하나를 쥐고 마야 쪽으로 돌아섰다.

"이건 나한테는 복숭아야. 너한텐 감이겠지만. 준비됐어?"

마야가 고개를 끄덕이고 제프의 손을 잡았다. 제프가 단단히 당부했다.

"손 놓으면 절대 안 돼. 넌 손님이니까 내 손을 놓지 말아야 해."

이번에는 급작스럽게 몸이 끌려가지 않았고, 방향 감각이 사라지지도 않았다. 대신 연기가 제프를 휘감았다. 제프는 마야를 자기 쪽으로 더 바짝 끌어당겼다. 제프를 휘감은 연기가 머뭇거리며 마야를 향해 뻗어 왔다. 연기가 시야를 가려 아무것도 볼 수 없었지만, 갓 깎은 잔디 냄새가 물씬 풍겼다. 마야는 크게 숨을 들이쉬었다. 그러자 온몸의 긴장이 스르륵 풀렸다. 크고 날카로운 파열음이 파문처럼 번져 나갔고, 곧이어 사람들의 함성이 들려왔다. 마야가 물었다.

"무슨 소리야?"

서서히 연기가 걷혔고, 제프가 눈에 들어왔다. 멍한 채로 먼 곳을 보던 제프의 표정이 환한 미소로 바뀌었다.

"야구하는 거야. 가자!"

둘은 우거진 풀밭을 가로질러 야구장을 향해 달렸다.

"어린이 리그구나!"

꼬마들 두 팀이 경기를 치르고 있었다. 가족과 친구들은 야구장 가장자리를 따라 서거나, 담요를 깔고 앉거나, 접이식 의자에 앉은 채로 응원을 보내고 있었다. 점수판은 현재 동점인 경기가 끝을 향해 가고 있음을 보여 주었다.

마야가 한 손을 들어 햇빛을 가렸다. 제프가 물었다.

"우산 모자 줘?"

마야가 웃었다.

"아니, 이제 네 거잖아."

마야는 주위를 두리번거리다가 곧 어린 제프를 발견했다. 지금보다 어리고, 귀는 더 커 보였다. 마야가 3루 베이스 위를 맴도는 꼬마를 가리키며 물었다.

"저 아이, 너지?"

"아니. 나 아니야."

마야가 자신만만하게 말했다.

"말도 안 돼. 딱 너구만. 귀가 너잖아!"

"아니라니까. 마이클이야."

"아……."

제프의 표정이 미세하게 변했고, 두 눈엔 옅은 슬픔이 어렸다.

마야는 무슨 말을 해야 좋을지 몰라서 그대로 입을 다물었다. 그러고는 마이클을 유심히 살폈다. 쪼그리고 앉아 달릴 준비를 마친 마이클은 집중하느라 잔뜩 찡그린 표정이었다.

마야의 눈이 다시 제프를 찾으려 야구장 곳곳에 있는 사람들을 따라 움직였다. 여기 어딘가 있는 게 분명했다. 또 다시 딱, 소리와 함께 방망이가 공을 때렸고, 마이클은 3루를 박차고 두 팔을 있는 힘껏 흔들며 홈 플레이트로 돌진했다. "세이프!" 소리와 동시에 두 형이 나와 마이클을 안아 올렸다. 제프와 또 다른 형이었다.

"우와! 해냈네!"

"잘했어!"

마이클이 형들을 올려다보고 환하게 웃으며 외쳤다.

"형! 우리가 이겼어!"

어린 제프가 말했다.

"내 동생 최고다! 아빠가 널 엄청 자랑스러워하실 거야."

대학생쯤으로 보이는 큰형이 말했다.

"가자. 아이스크림 사 줄게."

"나 앞 자리!"

제프와 마이클이 정확히 동시에 외쳤다. 제프가 마이클의 모자 챙을 툭 치며 말했다.

"어유, 내가 또 졌네."

마이클이 환하게 웃으며 형들 옆에서 깡충깡충 뛰었다.

"복숭아 맛!"

"당연하지. 복숭아 아이스크림이 최고."

마이클이 물었다.

"나 두 개 먹어도 돼?"

큰형이 답했다.

"물론이지. 집에 가는 길에 차에서 들을 음악도 고르게 해 줄게."

자줏빛 연기가 풀밭을 가르며 스멀스멀 피어오르는가 싶더니 어느새 소용돌이치며 세 사람을 에워쌌다. 마야가 손으로 휘저어 보았지만, 점점 자욱해지더니 마치 짙은 안개처럼 살갗에까지 내려앉았다.

마침내 연기가 옅어졌을 때 마야와 제프는 다시 과수원으로 돌아와 있었다.

"우리 삼형제의 마지막 날이었어."

"즐거운 날이었네."

형제자매가 있다는 게 어떤 기분인지 마야는 알지 못했지만, 그 순간만큼은 모든 게 완벽해 보였다.

"이렇게 행복한 순간을 볼 수 있다니 좋다. 함께할 수 있게 해줘서 고마워."

“우리 형제들을 만나게 해 주고 싶었어. 시간 여행으로라도.”

알면 알수록 마야는 제프가 궁금해졌다. 왠지 다른 많은 친구보다도 제프가 더 가깝게 느껴졌다. (물론 자다는 예외다.) 하지만 깊고 사적인 비밀은 알면서도 정작 기본적인 정보조차 몰랐다. 주소도 학교도 몰랐다. 아파트에 사나? 아니면 주택? 개나 고양이를 키우나? 아니면 햄스터? 조심스럽긴 했지만, 마야는 우정을 조금이나마 키우고 싶은 마음에 더 다가가 보기로 했다.

“너희 가족 이야기를 더 듣고 싶어. 전화번호나 이메일 주소 같은 걸 교환해도 좋고.”

“우리 집은 전화가 잘 안 터져.”

“그렇구나. 이메일은? 메일 주고받는 거 재미있을 것 같은데.”

“글쎄, 마야. 난 상황이 복잡해지는 건 별로야.”

마야는 이해할 수 없었다. 자기 가족도 보여 줘 놓고, 왜 다 안 된다는 거지? 마야는 현실 세계에서도 제프와 친구가 되고 싶었다.

“시간 여행 밖에서 만나거나 연락하면 안 되는 이유가 뭐야?”

제프가 뒷걸음치며 말했다.

“난 말이야, 너하고 여기서 만나는 건 좋은데, 그 이상은 바라지 않아. 미안.”

마야는 그대로 몸이 굳었다.

제프가 마야의 눈을 피하며 말을 이었다.

"여기서는 괜찮아. 그런데 집에 가면 나 진짜 바빠. 다시 훈련에 복귀하려면 무릎 치료에 전념해야 해."

마야가 얼굴을 찌푸렸다. 갑자기 이상하게 굴면서 거리를 두려는 이유가 뭘까?

"이해가 안 돼. 무릎? 이거랑 대체 무슨 상관인데?"

제프가 우물쭈물 답했다.

"아무것도 아니야. 얼마 전에 누구랑 부딪쳐서 내가 좀 다쳤어. 그래서 아직 달리기 훈련에 복귀를 못 해서 그래. 그리고 학교는…… 나 진짜 시간이 없어. 너는 캘리포니아 주고, 난 버지니아 주잖아. 끝에서 끝이야. 지금처럼 지내는 게 최선이라고, 알겠지?"

"그래, 알았어. 나도 바쁜 애랑 친구할 생각 없어."

"알았으면 자꾸 강요하지 마."

'대체 문제가 뭘까? 왜 피하려고 하는 거지? 그럼 왜 나를 찾아내고 다음에 만날 계획은 또 왜 그렇게 열심히 세우는 거야?'

모든 게 엉망진창으로 꼬여 가고 있었지만, 마야는 어떻게 바로잡아야 하는지 알 수 없었다. 방금전까지만 해도 제프와 친해진 것 같았는데, 금세 잘 알지 못하는 사람처럼 느껴졌다. 마야는 엄마가 자신을 밀어내고 거리를 두는 것만으로도 견디기 힘들었다. 제프한테까지 그런 대접을 받고 싶지 않았다. 마야는 붉어진 눈으로 두 주먹을 꽉 쥐었다.

“네가 대단한 사람이나 되는 줄 착각하지 마. 내 말들은 다 없던 걸로 해. 소풍 장소로나 데려다줘. 집에는 내가 알아서 갈게.”

“좋아.”

“좋아.”

제프가 손을 내밀었고, 마야는 마지못해 그 손을 잡았다. 제프를 보는 건 마지막이라고 생각했다.

‘친구하기 싫다고 한 사람은 너야. 생각이 바뀌면 나를 찾아서 사과하겠지. 내가 먼저 찾지는 않을 거야. 절대로.’

우정의
짭더초 쿠키

백설탕 3/4컵 / 흑설탕 눌러 담아 3/4컵 / 실온에서 부드러워진 가염 버터 1/2컵
실온 보관한 큰 달걀 2개 / 바닐라액 1작은술 / 천일염 1작은술+쿠키에 뿌릴 소금
베이킹소다 1작은술 / 다용도 밀가루 2와 1/4컵 / 달콤 쌉쌀한 초코칩 2컵

1. 큰 그릇에 백설탕과 흑설탕을 섞는다.
2. 설탕에 버터를 넣고 섞는다.
3. 달걀을 넣고 고루 저어 준다.
4. 바닐라액과 소금, 베이킹소다를 넣고 잘 섞는다.
5. 밀가루를 넣고 반죽과 어우러질 정도로만 가볍게 섞는다.
6. 초코칩을 반죽에 넣고 포개듯 부드럽게 섞는다.
7. 반죽을 랩으로 단단히 싸서 24~36시간 냉장고에서 숙성시킨다. 꼭 필요한 절차는 아니지만 이렇게 하면 쿠키가 훨씬 맛있어진다!
8. 구울 준비가 되면 오븐을 190도로 예열한 뒤 납작한 팬에 종이 포일을 깐다.
9. 포일을 깐 팬에 동글동글하게 만든 반죽을 약 5센티미터 간격으로 올린다. 반죽마다 천일염을 살짝 뿌린다.
10. 가장자리가 노릇해질 때까지 오븐에 9~11분간 굽는다.
11. 쿠키를 꺼내 몇 분간 팬에서 식힌 뒤 식힘망으로 옮긴다.
12. 남은 반죽으로 같은 과정을 반복한다!

7

추석
반달 송편

굴리고 채우고 빚고

기온이 뚝 떨어지며 가을의 시작을 알렸다. 마야는 여전히 제프에게 잔뜩 화가 나 있었고, 마지막 여행 뒤로 시간 여행을 떠나지 않았다. 자다가 제프에 대한 정보를 찾아 주겠다고 했지만, 마야는 거절했다. 친구로 지내기 싫다는 사람한테 신경 쓰고 싶은 마음은 눈곱만큼도 없었다.

11월의 쌀쌀한 어느 날, 할머니가 마야의 방문을 두드렸다. 송편을 만들어야 한다며 도와 달라고 했다. 할머니의 눈이 맑고 또렷한 데다 목소리에도 떨림이 없어서 마야는 침대를 박차고 나와 서둘러 준비를 마쳤다. 할머니에게 남아 있는 좋은 날을 마야는 하루도 놓치고 싶지 않았다. 지난 몇 번의 여행에서 제프와 시간을 허비하느라 할머니에게 소홀했다는 생각도 들었다.

할머니와 마야는 가벼운 외투에 편한 신발을 신고 마트로 향했다. 마야는 한인 마트를 좋아한다. 상품이 얼마나 다양한지 몇 시간을 다녀도 새로운 먹거리를 계속 발견할 수 있을 것만 같다. 하지만 할머니와 장을 볼 때면 어쩔 수 없이 조금 긴장되는 건 사실이다. 할머니가 언제 또 정신이 오락가락할지 모르니까. 다행히 지금까지는 큰 사고가 없었다.

할머니는 농산물 판매대를 지나며 작지만 소중한 꿀팁들도 하나씩 알려 주었다.

“맛있는 참외를 고르려면 향긋한 냄새가 나는지 맡아 보고, 살짝 만졌을 때 꼭지 부분이 물렁하지 않은지 봐야 해.”

“마늘은 단단한 게 좋지. 무르면 속이 썩은 걸 수도 있어.”

마야는 쇼핑 카트를 밀면서 고개를 끄덕였다. 할머니가 해 준 말을 낱낱이 기억했다가 일기장에 예쁜 그림과 함께 잘 기록해 두고 싶었다.

장을 보고 돌아오는 길에 둘은 솔잎을 구하러 공원에 갔다. 할머니가 솔잎이 송편 만드는 데 빠지면 안 되는 재료라고 했기 때문이다. 마야는 재빨리 아무 솔잎이나 한 움큼 땄다. 그런데 할머니가 솔잎을 다 털어내 버렸다.

“안 돼, 이건 늙은 잎이야. 싱싱한 솔잎을 따야 해. 저 가지에 손이 닿나 좀 봐 봐.”

“사람들 보잖아요! 창피하게.”

“보긴 누가 본다고 그래. 빨리 따야 빨리 끝난다.”

마야는 볼이 빨개진 채 제자리에서 펄쩍 뛰며 솔잎을 뜯었다. 할머니가 채근했다.

“더.”

마야는 몇 번 더 펄쩍 뛰어 솔잎을 땄다.

“흠, 이 정도면 될까 모르겠네.”

"충분해요."

마야가 서둘러 할머니의 팔짱을 끼며 말했다. 할머니는 코웃음을 치면서도 마야가 하자는 대로 공원을 나섰다.

송. 편. 마야는 앙상한 나뭇가지에 앉은 알록달록한 작은 새가 그 말을 지저귀는 모습을 머릿속에 떠올렸다.

다양한 재료로 속을 채운 작고 알록달록한 떡, 마야는 송편만큼은 호불호가 분명하다. 달콤한 깨 송편을 찾아 손으로 눌러 보고 냄새도 맡아 본다. 하지만 속에 든 소를 맞추기란 불가능하다. 거기에는 아무런 이치도 논리도 없다. 똑같이 통통하고 색깔까지 똑같은 송편 세 개를 골랐는데, 셋 다 소가 다른 경우도 있었다. 베어 물었을 때 입안에 달콤한 깨가 터져 나오는 순간, 짜릿한 만족감이 온몸에 퍼진다. 하지만 뻑뻑한 밤이나 팥이 씹히면 그 실망감은 이루 말할 수가 없다. 할머니가 마야의 생각을 끊으며 말했다.

"추석에는 송편을 빚어야 해. 추석 알지? 한국의 명절이야. 해마다 그해의 수확을 조상님께 감사하는 날이지. 음력으로 지내니까 보통 9월이나 10월이란다."

벌써 11월이었고, 추석은 지난 지가 한참이었다.

마야와 엄마는 추석을 제대로 지낸 적이 없었다. 마야는 추석이 한국식 추수감사절이라고만 어렴풋이 알고 있었다. 푸짐하게 차린 음식을 먹으며 가족과 시간을 보내는 날. 물론 추수감사절과는 달리 조상의 묘를 찾아 돌보는 날이라고 들었다. 어렸을 때 마야는 왜 우리 집은 추석에 대가족이 모이지 않냐고 엄마에게 물은 일이 있었다. 엄마는 가족 간에 좀 복잡한 사정이 있기도 하고, 딱히 옛 전통에 따를 마음이 없기 때문이라고 했다. 싸늘한 말투만으로도 괜한 질문을 한 것 같아 미안하게 느껴질 정도였다. 속상했던 기억을 떠올리게 하려던 건 아니었지만, 이제 마야는 그 기억이 무엇인지 알고 싶었다. 할머니도 작년이 되어서야 처음 만났다. 마야가 알 수 없는 친척이 또 누가 있을지 알 수 없는 일이었다.

집으로 돌아온 할머니와 마야는 색색깔의 반죽을 만들어 큰 그릇 세 개에 나누어 담았다. 쑥 가루로 만든 초록색 반죽, 산딸기 주스로 만든 분홍색 반죽, 아무것도 넣지 않은 하얀색 반죽이었다. 다음은 송편 속에 넣을 소를 만들 차례였다. 할머니가 볶은 참깨를 갈아 꿀과 소금을 넣고 섞었다. 힘 있으면서도 침착한 할머니의 손놀림에 마야는 묘하게 마음이 편안해졌다.

"왜 다른 소를 그렇게 싫어하는지 모르겠네. 얼마나 맛있는데."

마야가 그릇에 손가락을 푹 찔러 달콤한 소를 핥아먹었다. 할머니가 손을 쳐낼 새도 없었다.

"비교가 안 되죠. 엄마가 말해 줬어요? 내가 깨를 제일 좋아한다고."

"다 했다!"

할머니는 마야의 질문을 무시하고 의기양양한 얼굴로 완성된 소를 가리켰다. 마야는 고개를 내젓고는 다시 하던 일에 집중했다.

할머니와 마야는 색색깔의 반죽을 조금씩 떼어 큰 구슬만 한 크기로 동글동글 굴렸다. 그리고 동그란 반죽 가운데를 엄지손가락으로 눌러 오목한 그릇처럼 만들었다. 그런 다음 숟가락으로 소를 퍼서 채워 넣었다. 벌어진 부분을 봉한 다음, 가장자리를 꾹꾹 눌러 반달 모양으로 빚었다. 두 사람은 준비한 반죽이 없어질 때까지 굴리고 채우고 빚기를 반복했다. 이따금 마야가 질문을 하거나 할머니가 나지막이 콧노래를 흥얼거릴 뿐 둘은 묵묵히 송편만 만들었다.

쟁반에 더는 송편을 놓을 자리가 없자, 할머니가 찜기를 준비했다. 그 사이 마야는 공원에서 따 온 솔잎을 물에 씻었다. 할머니가 찜기에 깐 축축한 면포에 깨끗한 솔잎을 얇게 펴서 올렸다. 마야는 그 위에 조심조심 송편을 올린 뒤 솔잎으로 덮었다. 솔잎은 송편끼리 달라붙지 않게 하고, 송편에 은은한 솔향을 스며들게 한다. 부엌에 솔잎 향과 고소한 냄새가 가득 퍼졌다.

마지막 단계로 할머니는 참기름을 손에 바르고 찐 송편을 살살 문질렀다. 송편에서 빛깔 좋게 윤이 살아났다. 할머니가 손을 씻으며 어깨 너머로 말했다.

"어서 먹어 봐."

마야는 초록색 송편부터 집었다. 울퉁불퉁하고 모양도 제멋대로지만, 초록색 반달들을 보니 뿌듯했다. 제 손으로 직접 빚은 송편이니까. 맛도 기가 막혔다. 마트에서 파는 송편과는 달리 첫 입부터 느껴지는 반죽의 부드러움에 깜짝 놀랐다. 한가운데서 달콤한 소가 툭 터져 나오며 솔잎이 남긴 은은한 향과 어우러졌다. 이렇게 맛있으면 위험한데. 할머니가 송편 하나를 천천히 오물거리는 사이, 마야는 자기도 모르게 네 개나 먹어 치웠다. 할머니가 두 개째 송편을 집으려 할 때 마야가 손을 내밀며 말했다.

"이번엔 제가 힘을 보탤게요."

할머니가 놀란 눈으로 마야를 바라보다가 손을 잡았다. 둘은 빠른 속도로 시간을 통과하고 세상을 가로질렀다.

추석 전날

마야와 할머니는 눈에 익은 소박한 옛집에 서 있었다. 나무 창

틀과 문틀, 그리고 몇 안 되는 가구들. 된장찌개 여행에서 왔던 바로 그 방이었다. 그런데 이번에는 할머니와 증조할머니만 있는 게 아니었다. 몇몇 부인과 여자아이가 둘러앉아 알록달록하게 빚은 송편을 큰 쟁반에 채워 가고 있었다.

마야는 어린 시절의 할머니를 발견했다. 이 순간의 현숙은 마야보다 몇 살 더 먹은 듯한 십 대 소녀였다. 쑥쑥 자란 긴 팔다리로 자꾸만 주변 사람과 물건에 부딪쳤다. 스웨터의 소매는 짧았고, 바지는 발목 위로 깡충 올라왔다. 양말 곳곳에 기운 자국이 보이고, 발가락들은 금방이라도 양말에 구멍을 만들 기세로 잠시도 가만히 못 있고 꼬물거렸다.

송편을 빚던 현숙의 어머니가 꾸짖었다.

"현숙아, 얌전히 앉아서 돕거라. 안 그러면 솔잎 주워 오라고 밖으로 내보낼 줄 알아!"

현숙은 고민하는 듯 보였다. 이 방을 나가 숲속을 뛰어다닐 것인가. 하지만 순간의 반항기는 스치듯 사라졌다. 현숙은 고개를 숙인 채 꼼지락거리던 발을 멈추고 빠르게 송편을 빚기 시작했다.

"너무 나무라지 마요."

현숙의 어머니 맞은편에 앉은 여자가 말했다. 웃고 있었지만, 가늘게 뜬 눈은 어쩐지 현숙의 어머니에게 결투라도 신청하는 듯했다. 두 사람은 밤과 낮처럼 사뭇 다른 분위기를 풍겼다. 맞은편 여자는 화려하고 짧은 양장 원피스 차림에 파마머리를 헐렁하게 묶었고, 현숙의 어머니는 연파랑색 한복에 희끗희끗한 머리를 목덜미 위로 틀어 올려 단단히 묶었다. 소박한 차림이었지만, 다른 여자들에게는 없는 기품이 있었다. 하지만 마야는 그 둘이 겉보기만 달랐지 속은 꼭 닮은 것 같았다. 얼굴은 물론이거니와 손 모양까지 닮아 있었다. 마야는 곧바로 두 사람이 자매라는 걸 알았다.

여자가 다시 입을 열었고, 그 목소리에는 수년간 쌓인 반감이 묻어났다.

"명절이니까 추석빔 생각에 들떠서 그러는 거잖아요. 저 팔다리 좀 봐. 윗도리도 아랫도리도 새로 사야겠네. 한참 자랄 나이에 옷이 작아도 한참 작고만. 대체 몇 번을 기워 입힌 거유?"

현숙의 어머니가 동생을 차갑게 바라보았다.

"멀쩡해. 아랫단만 더 내려 입으면 그만이야. 다 너처럼 돈을 물 쓰듯 쓰고, 툭하면 새 옷 사 입히고 그러는 줄 알아?"

행여 싸움이라도 날까 봐 옆에 앉은 젊은 여자가 끼어들며 차분하면서도 명랑한 목소리로 말했다.

"언니, 언니는 어쩜 이렇게 송편을 예쁘게 빚어요? 전 아무리 해도 언니처럼 안 되던데."

다행히 다시 대화가 이어지며 좀전의 긴장감은 살짝 가라앉았다.

마야가 할머니에게 물었다.

"저분은 누구세요?"

"우리 이모. 순미 엄마. 순미는 내 사촌이자 어릴 적 제일 친한 친구야. 그런데 우리 둘이 크게 싸웠어. 그날 이후로는 모든 게 달라졌지."

할머니는 마야가 순미에 관해 알고 있다는 사실을 잊은 눈치였다.

"우리 이모하고 어머니는 사이가 좋은 적이 없었어. 이모가 어머니 능력을 질투했거든. 이모와 이모 자식들은 시간 여행을 할 수 없었으니까. 그러다 한국 전쟁이 터졌고, 두 사람은 그걸 받아들이는 방식이 달랐어. 우리 어머니는 가족과 근검절약을 매우 중시하는 분이었지. 전쟁이 끝난 뒤에도 어머니는 늘 다음에 닥칠 위기에 대비해야 한다고 생각하셨어. 반면 이모는 끔찍했던 시절은 깡그리 잊고, 아예 전쟁 같은 건 있지도 않았던 것처럼 지내고 싶어 했어. 친구처럼 지내는 자매도 있고, 물과 기름 같은 자매도 있는 법이지. 어머니와 이모는 후자였어. 물과 기름."

마야는 고개를 끄덕였지만, 완전히 공감하지는 못했다. 태어나서 이날까지 엄마하고만 살았으니까. 요즘 들어서는 자신과 엄마 역시 물과 기름 같다고 해도 무리는 아니겠다는 생각이 들었다. 마야는 엄마가 아닌 다른 가족이 있다는 게 어떤 느낌인지 몰랐다. 처음 할머니가 왔을 때 엄마는 몹시 당황했지만, 마야는 신이 났다. 엄마를 사랑하지만, 그것만으로는 부족하다고 느낄 때가 있었다. 할머니가 그 부족함을 채워 주었고, 오늘처럼 과거로 떠난 여행에서 훨씬 더 큰 가족을 보여 주었다.

현숙의 어머니가 현숙에게 건넌방으로 오라고 손짓했다. 현숙은 매끈한 방바닥 위를 조용조용 걸어 어머니에게 갔다. 마야도 그 뒤를 따라가 어린 현숙 옆에 쪼그리고 앉았다. 현숙의 어머니가 말했다.

"추석은 감사하는 마음을 갖고 가족의 소중함을 생각하는 날이야. 그걸 절대 잊지 말거라."

"네, 엄마."

"음식을 마련할 때도 내일 아침 조상님 묘를 찾아갈 때도 기억해야 해. 그게 우리의 의무야. 가족만큼 중요한 건 없어."

현숙의 어머니가 반닫이를 열고 얇은 종이 꾸러미와 반짝이는 까만 구두 한 켤레를 꺼냈다.

현숙이 기뻐서 구두를 살펴본 뒤 꾸러미를 집어 들었다. 포장지를 펼치자 예쁜 새 옷이 모습을 드러냈다. 옷감이 매끄럽고 환했다.

"이런 것들에도 감사하고 소중히 여기는 마음을 잊지 말아야 한다."

"네, 엄마. 감사합니다!"

"자, 그만 치우고 마저 끝내자. 아직 할 일이 많다."

현숙은 고개를 끄덕이고는 새 옷과 구두를 가지고 총총 자리를 떴다. 잠시 후, 돌아온 현숙의 얼굴은 발그레하면서도 환하게 빛이 났다. 현숙은 어머니 옆에 앉아 슬그머니 송편 하나를 입에 넣었다. 현숙의 어머니도 그걸 보았지만, 꾸짖는 대신 빙긋 웃음을 지었다.

할머니가 바로 뒤에서 마야에게 말했다.

"우리 어머니도 처음부터 엄했던 건 아니야."

할머니가 틈틈이 송편을 집어 먹는 어린 자신과 어머니를 보며 싱긋 웃었다.

"어머니는 당신이 생각하는 최고의 방식으로 우리에게 사랑을 표현하셨지. 한 번도 입 밖에 내신 적은 없지만, 나는 저 순간 느꼈던 거야. 어머니가 날 사랑한다고 말하고 있구나. 모녀 사이는 참 복잡해. 하지만 어느 때고 서로 사랑하는 마음은 변함이 없단다."

마야는 한동안 현숙과 현숙의 어머니를 바라보았다. 건넌방에서는 여자들의 웃음소리가 계속 흘러나왔다. 가끔 다투다가도 금세 함께 웃는 모습은 서로가 얼마나 가까운 사이인지 보여 주는 듯했다.

그 순간 마야는 현실 세계의 외롭고 텅 빈 차원을 찢고, 지금이 과거에서 이 가족과 함께 있고 싶다고 느꼈다.

삼계탕 화재 사건

마야의 감정은 쉽게 사라지지 않았다. 며칠이 지나도록 마음 깊은 곳에 남아 있다가 생각지도 못한 순간에 고개를 들고 그리움을 불러일으키며 마야를 놀라게 했다. 하루하루를 긍정적인 마음으로 마주하려고 했지만, 노력해도 안 될 때가 있었다. 엄마는 여전히 거리감이 느껴졌다. 마치 집과 마야를 일부러 피하는 것 같았다. 무엇이라도 좋으니 아빠에 대해 더 알아보려고 했지만, 그 또한 아무 진전이 없었다. 마지막에 만든 호떡은 대실패로 끝났다.

할머니 상태도 갈수록 나빠지고 있었다. 마치 다른 시간 속에 갇힌 사람처럼 당신의 딸을 모르는 사람인 양 밀어낼 때가 잦았고, 자꾸만 마야와 엄마를 헛갈려 했다. 해야 할 일이 있다고 고집을 부리다가도 그게 뭔지 물으면 기억을 못 했다.

그러던 어느 밤, 마야는 요란하게 울리는 화재경보기 소리에 놀라 잠이 깼다. 기즈모를 번쩍 안아 들고 소리가 나는 부엌으로 달려갔다. 가스레인지 위에 놓인 냄비에서 연기가 치솟고 있었다. 가스 불을 끄고 싱크볼에 냄비를 확 쏟은 뒤 찬물을 틀자 하얀 증기가 자욱하게 피어올랐다. 콜록거리며 연기를 헤치고 보니 냄비 속에는 검게 변한 덩어리 하나와 밑바닥에 눌어붙은 탄 밥이 있었다.

"마야!"

엄마가 달려와 마야를 꼭 껴안았다. 마야는 설명하려 했지만, 엄마가 말을 잘랐다.

"팔 좀 봐! 빨리 찬물에 갖다 대."

엄마가 마야의 팔을 흐르는 물에 대자 빨갛게 부푼 자국이 드러났다. 엄마는 마야를 데리고 병원으로 차를 몰았다. 할머니도 함께였다.

"난 저녁에 맛있는 거 해 주려고 한 거야. 삼계탕."

"삼계탕이요? 그게 뭔데요?"

마야가 물었다.

"먹어 보면 좋아할 거야."

할머니가 마야에게 몸을 붙이며 덧붙였다.

"인삼 닭 수프인데……."

엄마가 말을 잘랐다.

"삼계탕이 뭔지는 하나도 안 중요해요. 중요한 건 한밤중에 냄비를 가스 불에 올려놓고 주무시러 갔다는 거죠!"

"넌 항상 지나치게 스트레스를 받는 것 같다."

어깨를 토닥이려는 할머니의 손길을 피해 엄마가 몸을 움츠렸다.

"알았다, 알았어. 집에 가서 저녁이나 먹자. 내가 가스불에 삼계탕 올려놨어. 집에 가면 얼추 다 끓었을 거야. 삼계탕은 푹 끓여야 맛있어."

엄마가 짜증스럽게 한숨을 내쉬었다.

"이미 다 태우셨잖아요!"

"내가? 뭘 태워?"

"됐어요! 그만해요."

삼계탕 화재 사건 이후로 엄마는 자기 전에 가스레인지 점화 손잡이를 빼놓았다. 현관문과 뒷문에 방범 경보기를 설치했고, 할머니 방문에도 달아 놓았다. 밤에 할머니가 혼자 일어나 돌아다니지 못하도록 한 것이다.

이제 더 나빠질 것도 없겠다고 생각하던 그때, 학교에서도 문제가 터졌다. 이때쯤이면 이지가 자료를 모아 최종 보고서를 만들어야 했다. 마야는 삽화 초안을 이미 끝냈어야 했지만, 겨우 몇 장밖에 그리지 못했고, 그마저도 최상은 아니었다. 마야가 이지에게 이메일로 삽화를 보내고 몇 분 뒤 이지에게 전화가 왔다.

"지금 장난해? 이게 다야? 너 그림 잘 그리잖아. 삽화를 맡겠다고 한 사람도 너고! 이제 초안 제출해서 선생님께 최종 단계로 넘어가도 좋다고 허락받아야 된단 말이야!"

"소리 좀 그만 질러! 내가 다 책임질게."

마야는 홧김에 전화를 끊고, 곧바로 자다에게 전화를 걸었다. 자다가 편들어 주길 바라서였다. 하지만 자다의 반응은 기대와는 달랐다.

"마야, 이건 정말 중요한 프로젝트야. 집안 일로 힘들겠지만 우리와의 약속을 어기면 안 돼. 우린 네가 필요해. 나 역시 이 프로젝트 때문에 평균 점수가 낮아지는 건 싫어. 오늘까지 끝낸다고 약속했잖아. 다른 애들이 네 몫까지 떠안을 수는 없잖아."

마야는 당황했다. 할머니 상태가 더 나빠졌다는 말도, 엄마가 요즘 집을 비우다시피한다는 말도, 삼계탕 화재 사건도 말하지 못했다.

엄마는 낮 동안 할머니의 상태를 확인할 요양 보호사를 고용했다. 그리고 이전보다 집에 머무르는 시간이 길어졌다. 하지만 여전히 늦게까지 일해야만 해서 마야가 할머니를 돌봐야 했다.

할머니 상태가 괜찮을 때면 같이 요리를 하고, 할머니의 옛 기억들 속으로 시간 여행을 했다. 한국에 있는 아름다운 산으로 가족과 등산 갔던 날로도 가 보았고, 동네 아줌마들과 어마어마한 양의 김치를 담가 커다란 진갈색 항아리에 차곡차곡 눌러 담던 김장날로도 가 보았다.

마야는 시간 여행이 익숙해질수록 아빠를 만나고 싶은 마음이 간절해져서 틈날 때마다 호떡을 만들어 봤지만, 어찌된 일인지 한 번도 성공하지 못했다. 레시피를 바꿔 가며 여러 방법을 시도해 봐도 원하는 맛이 나질 않았다. 마야가 만든 호떡은 아빠의 어깨에 목마를 타고 앉아 따끈따끈하고 달콤한 호떡을 먹었던 어렴풋한 기억으로 마야를 데려다주지 못했다.

어느 밤, 마야는 식탁에 혼자 앉아 감을 깎는 엄마를 보았다. 발치에는 기즈모가 자리를 지키고 있었다. 마야는 제프와 함께 갔던 시간의 과수원이 떠올랐다. 슬그머니 엄마 맞은편 의자에 앉아 감 한 조각을 집어 들고 운을 뗐다.

"엄마도 나도 할머니도 똑같이 감을 좋아하는 게 신기해요."

엄마는 아무 대꾸도 하지 않았다. 손에 쥔 칼로 감을 매끄럽게 가르는 사각사각 소리만이 부엌을 채웠다. 마야가 감을 먹으며 물었다.

"엄마 어렸을 때 할머니도 이렇게 감 깎아 주셨어요? 마당에 있는 감나무의 감들로요?"

"무슨 소리니?"

"한국에 있는 엄마네 집 마당의 감나무요."

엄마가 손을 멈추었다.

"아니."

다시 칼이 움직이기 시작하자 감 껍질이 돌돌 말려 내려왔다. 마야는 아직 혼자서 시간의 과수원에 가 보지는 못했다. 제프가 과수원에 가는 방법까지는 가르쳐 주지 않았기 때문이다. 마야는 다시는 아빠 나무를 찾을 기회조차 없을까 봐 걱정되었다.

"아빠도 감 좋아하셨어요?"

또다시 칼의 움직임이 멈추었지만, 이내 부드럽게 사각거리는 소리가 이어졌다.

"아빠도 좋아했어."

"감 말고 또 뭐 좋아하셨어요?"

한동안 기다려도 대답이 없자, 마야가 다시 물었다.

"오렌지는 좋아하셨어요? 난 오렌지 잘 먹는데, 엄마하고 할머니는 별로 안 좋아하시잖아요. 아빠 입맛 물려받은 건가?"

"맞아, 오렌지도 잘 먹었어. 그 당시 한국에서는 구하기 어려웠지만."

"그럼 호떡은요? 지난번에 아빠가 호떡 좋아한다고 하셨잖아요. 이제 호떡 만드는 법 가르쳐 주실 수 있어요?"

"학교는? 역사 프로젝트는?"

마야가 한숨을 내쉬었다. 이번에도 엄마는 어떻게든 빠져나갈 핑계를 찾았다.

"곧 있으면 기말고사잖아. 요리 대신 기말고사 준비해야 하는 거 아니야?"

"알겠어요."

마야는 풀이 죽었다. 그래도 아빠에 관해 작지만 새로운 단서를 얻어 내긴 했다. 엄마가 감 껍질을 치우고 손을 씻었다.

"엄마는 회사에 행사가 있어서 나가야 해. 할머니한테 이 감이랑 차 좀 가져다드려."

부엌을 나서던 엄마가 잠시 멈춰 서더니 조용히 말했다.

"마야, 엄마가 말했지. 너희 아빠는 좋은 사람이었고, 이 세상과 너무 빨리 작별했다고. 넌 그것만 알면 돼."

엄마가 떠난 뒤 마야는 짜증이 나고 답답해서 몇 분 동안 그대로 앉아 있었다. 엄마는 할머니나 아빠 이야기만 피하는 게 아닌 것 같았다. 마야와는 아예 말을 하기조차 싫어하는 사람 같았다.

마야는 엄마 차가 진입로를 빠져나가는 소리가 들릴 때까지 기다렸다가 부엌에서 나갔다. 그러고는 할머니 방으로 가서 문을 살며시 열었다.

"할머니, 감이랑 차 좀 가져왔어요."

"마야?"

마야를 부르는 목소리 끝이 갈라졌다. 힘없는 목소리였다. 하지만, 할머니는 맑은 눈으로 마야를 바라보았다.

마야는 쟁반을 내려놓고 침대 끝에 걸터앉았다.

"기분은 어떠세요?"

할머니가 킬킬 웃었다.

"다들 자꾸 그걸 물어. 썩 좋은 대답을 기대하는 눈치도 아닌데 말야. 젊은이들에겐 가벼운 인사일 뿐일 테지. 그런데 이제 이 늙은 몸뚱이와 머릿속엔 탈 날 것만 천지야."

할머니가 한숨을 내쉬며 담요를 매만졌다.

"말이 많았지? 네가 듣기 싫은 얘기까지 했을지도 모르겠다. 어떨 땐 말이 잘 안 나오다가 또 어떨 땐 멈출 수가 없으니, 원. 온종일 여기 앉아서 늙은이 수다나 듣고 싶진 않겠지. 가거라, 어서. 더 재밌는 게 많을 텐데."

"괜찮아요, 할머니하고 있어도 돼요."

할머니가 마야의 팔을 토닥이며 빙긋 웃었다.

"맞다. 하지만 네 인생의 다른 부분을 무시해도 된다는 건 아니잖니. 이 늙은 할미 걱정은 말거라. 혼자서도 잘할 수 있어. 피곤해서 좀 쉬어야겠다. 나하고 있어 봤자 재미도 없잖니. 나가서 내 몫까지 놀고 와."

마야는 할머니에게 담요를 하나 더 챙겨 드렸다. 방을 나서다 말고 할머니를 물끄러미 바라보았다. 할머니는 앉아 조심스럽게 차를 홀짝이고 있었다.

얼마 지나지 않아 할머니의 코 고는 소리가 아래층까지 들려왔다. 마야는 기즈모와 나란히 소파에 누웠다.

"참 흥미진진한 인생이다, 기즈모?"

그때, 휴대전화 불빛이 깜빡였다. 자다한테 문자가 몇 통이나 와 있었다. 마지막 문자는 단 한 문장이었다.

(…) 당장 나 좀 봐

마야는 답장 따위로 시간을 허비하지 않았다. 벌떡 일어나 집 밖으로 달렸다.

제프의 과거

"마야? 빨리도 왔다. 들어와."

"무슨 일이야?"

마야는 긴급한 상황이 발생한 흔적을 찾아 자다의 방을 눈으로 훑었다. 방안은 지저분했고, 그거야 새로울 것도 없었다.

"조별 과제 때문이야? 서두르고 있다고 했잖아."

"아니. 조별 과제는 잠시 잊어. 이건 다른 문제야."

자다가 침대 위를 차지한 옷들을 밀어내자, 바닥에 널부러져 있던 다른 옷들 위로 떨어졌다.

마야가 침대에 앉자 자다가 노트북을 마야 쪽으로 돌리며 말했다.

"봐 봐, 화내지 말고."

"알았어. 음, 근데 내가 화날 일을 안 만들면 되지 않을까?"

"네가 그 애는 두 번 다시 보기도 싫고, 얘기도 듣기 싫다고 한 거 알아. 하지만 이야기를 듣고 나니까 도저히 안 찾고는 못 배기겠는 거야. 이제 이름도 알고 어디 사는지도 알잖아. 또 그 애가 하프 마라톤을 했다며."

마야는 두 손을 쳐들며 앞뒤 없이 쏟아 내는 자다의 말을 가로막았다.

"잠깐만. 지금 누구 얘기하는 거야?"

"제프."

"내가 만난 제프? 제프 정?"

"응."

마야가 한숨을 내쉬었다.

"자다. 내가 말했잖아. 더는 상관없다고."

자다가 미친 듯이 키보드를 두드리며 말했다.

"알아, 알아. 그런데 어떻게 참아. 수수께끼가 나타나면 안 풀고는 못 넘어가는 성격인 거 너도 알잖아. 원래는 너한테 말하지 않으려고 했었어. 근데 이건 네가 꼭 봐야 할 것 같아."

마야는 화면 속의 이름과 숫자로 이루어진 표를 바라보았다.

"뭐? 이게 뭔데?"

"버지니아 도그우드 하프 마라톤 최종 기록."

자다가 화면 속 한 줄을 가리켰다.

"완주 시간이 비어 있는 줄 보여? 그 줄이 12세, 제프리 정이야."

"근데 그게 뭐?"

"날짜를 좀 봐."

1988년 5월 17일. 손가락으로 화면을 찌르는 자다의 목소리가 점점 카랑카랑해졌다.

"1988! 1988!"

마야가 손을 휘저어 자다의 손을 쳐냈다.

"알았어, 나도 읽을 수 있어. 그런데 이게 뭐. 이름만 같은 사람일 수도 있잖아."

자다가 노트북을 자기 쪽으로 돌려 키보드를 더 두드렸다.

"그래서 조금 더 파고 들어가 봤지. 당시에는 제프 또래가 하프 마라톤을 뛰는 경우가 많지 않았거든. 현지 신문에 대회에 참가한 아이들을 다룬 기사가 하나 실렸더라."

자다가 다시 마야 쪽으로 노트북을 돌렸다. 화면에는 똑같은 셔츠에 우스꽝스러울 정도로 짧은 반바지를 입은 사내아이 다섯이 활짝 웃고 있었다. 마야는 곧바로 제프를 알아보았다. 자다가 물었다.

"재가 개지?"

마야가 고개를 끄덕였다.

"그런데 이해가 안 돼. 제프는 내가 어느 시간에서 왔는지 알고 있었어. 제프도 나랑 같은 시간에서 왔다고 내가 생각한다는 걸 알았을 텐데, 왜 사실을 말하지 않았지?"

"넌 한 번도 의심한 적 없었어? 그 애에 대해서?"

"별로. 하긴, 옛날 영화 좋아하고 옷 입은 것도 좀 희한하다 싶긴 했어. 그래도 좀 괴짜인가 보다, 하고 말았지. 게다가 할아버지 환갑잔치에서 처음 만났을 때, 자기도 나하고 같은 시간에서 왔다고 분명히 말했거든."

"나는 네게 일어난 일들이 신기하다고만 생각했어. 그런데 이건 신기한 정도가 아니잖아. 넌 지금까지 과거에서 온 사람하고 이야기하고 있었던 거야. 진짜 과거!"

마야는 가슴속 깊은 곳에서부터 불안감이 밀려왔다. 이렇게 멍청할 수가. 그 잔치에 제프의 친척은 없었다. 제프는 다른 사람의 나무로 옮겨 다닐 수 있다고 말했고, 마야를 이미 만난 적이 있다고도 했다. 둘 사이에 어떤 연결 고리가 있었던 걸까? 제프는 마야에 관해 모르는 게 없었지만, 마야는 제프에 관해 아는 게 하나도 없었다. 자다가 말을 이었다.

"이런 사실을 너한테 숨긴 건 누가 봐도 잘못이지. 이런 일이 벌어지고 있다는 게 진짜 놀랍지 않니? 진짜 상상을 초월한다. 네가 그 애한테 미래에 일어날 일을 말해 줄 수도 있는 거잖아. 엽기적이지 않아?"

마야가 관자놀이를 문질렀다.

"자다, 그만해 봐. 우리 잠깐만 좀 조용히 있으면 안 될까?"

"아, 당연히. 미안."

"난 도대체 믿기질 않아. 어떻게 나한테 숨길 수가 있지?"

"그러게. 그거 말고도 또 뭘 숨기고 있을지 누가 알아?"

일리 있는 말이다. 제프가 한 말은 죄다 거짓말일 수도 있었다. 그러니 전화번호나 이메일 주소를 주지 않겠다고 계속 거절할밖에. 마야가 아는 확실한 진실은 단 하나, 제프의 나무에서 직접 본 것뿐이다.

"그럼 지금 제프는 어딨어? 진짜 현실에서 만나 소리라도 빽 질러 주게."

자다가 눈을 피하며 답했다.

"그게 말이야. 나쁜 소식이 있어."

"나쁜 소식? 이것보다 더 나쁜 게 있다는 소리야?"

"네가 직접 봐야 할 것 같아."

자다가 굳은 얼굴로 마야 쪽으로 노트북을 돌렸다. 버지니아에서 플로리다로 향하던 비행기가 대서양에서 추락했다는 오래전 신문 기사였다. 생존자는 끝내 한 명도 발견되지 않았다. 마야는 눈을 감으며 노트북을 닫았다. 온 세상이 빙글빙글 돌았다.

"내가 생각하는 그게 맞아?"

마야의 물음에 자다가 답했다.

"맞아. 승객 명단에 그 애 이름이 있어."

"그럼…… 제프는 죽었어?"

어떻게 죽은 사람이 마야의 시간 속을 돌아다닐 수 있는 걸까? 다시 제프를 볼 수나 있을까? 제프가 존재하긴 했던 걸까, 아니면 유령이었던 걸까? 마야는 머릿속을 헤집어 놓는 수많은 질문을 잠재우려 애썼다.

"미안해, 마야."

자다가 다가와 마야를 꼭 안아 주었다.

"너한테 알리고 싶지 않았지만, 그래도 네가 알아야 할 것 같았어."

마야는 제프에게 쏟아 냈던 날 선 말들을 떠올렸다. 혼자 있고 싶어졌다. 그 누구와도 말할 기운이 없었다. 자다라고 해도 다르지 않았다.

"그만 가야겠어. 엄마 근무 중이시라 내가 할머니 잘 보고 있어야 돼."

자다가 마야를 따라왔다.

"괜찮아?"

괜찮은지 아닌지도 몰랐다. 모든 게 멍할 따름이었다.

자다가 다시 한번 마야를 안아 주며 말했다.

"내가 도울 일 있으면 뭐든 말해. 조별 과제는 걱정 말고. 내가 방법을 찾아볼게. 이번 주말에 같이 쿠키 먹으면서 영화 볼래?"

"그래, 그러자."

마야는 돌아서서 집으로 달렸다. 울고 싶은 마음을 꾹 참으며 제프에 대한 온갖 생각과 장면들을 밀어내려고 안간힘을 썼다. 바닥에만 눈을 고정한 채 달리고 또 달렸다. 보도블록을 때리는 규칙적인 발소리만이 세상을 가득 채웠다.

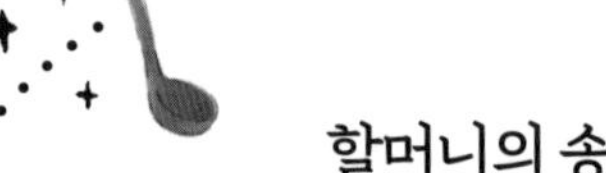

할머니의 송편

· 마야의 구체적인 계량법을 더함! ·

쌀가루 1컵 반 / 소금 1/4작은술+소에 넣을 소금 약간 / 온수 1/4컵

건과일 분말 / 볶아서 간 참깨 3큰술 / 꿀 1큰술

깨끗하게 씻은 솔잎 / 참기름

1. 쌀가루와 소금에 온수를 붓고 잘 섞어 치댄다. 건과일 분말을 넣어 다양한 색으로 반죽을 만든다.
2. 참깨와 꿀에 소금 한 꼬집을 넣어 섞어 소를 만든다.
3. 반죽을 조금 떼어 손바닥 사이에 놓고 공 모양으로 굴린다. 가운데를 눌러 오목하게 만든다. 소를 오목한 부분에 넣고 가장자리를 꾹꾹 눌러 단단히 봉한 뒤 반달 모양으로 만든다. 반죽과 소를 다 쓸 때까지 같은 과정을 반복한다.
4. 찜기에 면포를 깔고, 깨끗하게 씻은 싱싱한 솔잎을 한 겹 깐다.
5. 송편끼리 닿지 않게 조심하며 솔잎 위로 송편을 잘 배열한다. 뚜껑을 덮고 20~30분 찐다.
6. 불을 끄고 뚜껑을 열어 식힌다.
7. 송편에 참기름을 골고루 바른다.
8. 맛있게 먹고 즐거운 추석 보내세요!

8

새해 첫날 떡국

사라진 할머니

마야는 집 앞 골목에 다다르자 걸음을 늦췄다. 머릿속에서는 방금 자다와 봤던 기사가 쉬지 않고 재생되었다. 시간 여행은 처음에는 무서웠지만, 점점 재미있어졌다. 그런데 이제는 애시당초 시작하지 않았으면 좋았겠다는 생각이 들었다. 사실 스스로 시작한 일도 아니었다.

마야는 집에 들어와서도 내내 생각에 잠겨 있는 바람에 늦게서야 집이 뭔가 이상하다는 사실을 깨달았다. 온 집 안에 큰 소리가 요란하게 울리고 있었고, 그 바람에 놀란 기즈모가 낑낑거리며 이 방 저 방 뛰어다녔다. 주방 화재경보기를 끄려고 무의식적으로 비밀번호를 누르던 마야는 자다네 집에 가기 전에 경보기를 설정하지 않았다는 게 생각났다. 소리는 위층에서 들려오고 있었다. 마야는 두려움에 가슴이 철렁 내려앉았다.

"안 돼, 안 돼, 안 돼……!"

심장이 두방망이질을 해 댔다. 마야는 한 번에 두 칸씩 계단을 뛰어 올라갔다. 할머니 방문이 활짝 열려 있고, 경보기가 깜빡거리며 미친 듯이 삑삑거리고 있었다. 마야는 경보기를 끄고 눈으로 방안을 훑었다. 침대는 흐트러져 있고, 침대 옆 탁자에는 손도 대지 않은 감 접시가 놓여 있었다. 할머니는 사라지고 없었다.

마야는 바들바들 떨리는 손으로 할머니에게 전화를 걸었다. 근처에서 벨소리가 울렸다. 베개를 뒤집고 침대보를 잡아 내리자, 전화기가 나왔다. 휴대 전화를 두고 어디로 가셨지? 이제 무슨 수로 할머니를 찾아야 해? 마야는 집 안을 샅샅이 뒤졌다. 침대 밑과 옷장 안까지 뒤졌지만, 할머니는 어디에도 없었다.

마야는 소파에 주저앉아 머리를 감쌌다. 마야는 제일 먼저 해야 할 일이 뭔지 알고 있었다. 말을 꺼내기조차 두려웠지만, 엄마에게 전화를 걸었다.

"마야? 무슨 일이니?"

엄마의 목소리가 멀게 느껴졌다. 집으로 오는 차 안에서 스피커폰을 켠 것 같았다. 마야는 목소리를 낮추고 침착하게 말하려고 했지만, 자기도 모르게 이 말이 불쑥 튀어나왔다.

"엄마! 할머니가 없어졌어요!"

침착하긴 다 틀렸다.

"뭐?"

"할머니가 없어졌어요. 집 밖으로 나가신 것 같아요. 잠깐 자다네 집에 갔다 온 사이에요. 근데 전화를 두고 가셨어요. 제가 다 찾아봤어요. 아니, 집 안은 다 찾아봤다고요. 이제 나가서 찾아보려고요."

엄마는 그 지점에서 말을 끊었다.

“아니야. 진정해. 무슨 일이 있었는데?”

마야의 얼굴에 눈물이 흘러내렸다.

“죄송해요, 죄송해요. 잠깐만 있다 오려고 했는데, 할머니가 괜찮으시길래, 전 할머니가 주무시는 줄 알았어요.”

“그만 울어, 마야. 잠깐만, 생각 좀 할게.”

수화기 너머로 엄마의 예민함이 느껴져서 마야는 몸이 움츠러들었다. 엄마가 정말 화가 머리끝까지 났을 때 나오는 목소리였다. 마야가 자다네 나무 위 집으로 가출했던 그날 오후 엄마 목소리가 바로 이랬다. 마야가 힘없이 말했다.

“죄송해요.”

“마야, 엄마는 네가 침착했으면 좋겠어. 엄마 방금 퇴근했어. 집에 가려면 30분은 있어야 해.”

딸깍 전화가 끊겼다. 마야는 전화기를 뚫어져라 쳐다보았다. 이제 어떻게 해야 좋을지 몰랐다. 이렇게 우두커니 앉아만 있으면 안 될 것 같았다. 할머니가 너무 멀리 가 버리거나 다치기 전에 찾아야만 했다. 마침내 마야는 경찰서에 신고하려고 다시 휴대전화를 잡았다. 하지만 막상 통화 버튼을 누르려니 망설여졌다. 경찰에 신고하는 건 이번이 처음이었다. 크게 숨을 들이마시고 통화 버튼을 눌렀다. 신고를 마친 뒤 마야는 집 안을 뒤지고 또 뒤졌다. 할머니가 마법처럼 나타나 주었으면 하는 마음이었다.

이렇게 외로운 기분은 난생처음이었다. 집이 텅 빈 것 같았다. 할머니와 한집에 산 지 이제 겨우 일 년이지만, 할머니는 집 안 곳곳은 물론이고 마야의 삶 구석구석까지 스며들어 있었다. 할머니와 함께 살기 전으로 돌아가기를 바랐던 한순간 한순간이 모두 후회스러웠다. 할머니가 심부름을 시키려고 이름을 크게 불러만 준다면 더는 바랄 게 없을 것 같았다.

마야는 엄마가 옆에 있기를 바라면서도, 엄마의 분노, 고함 소리, 실망에 찬 표정이 두려웠다. 기즈모의 납작한 얼굴이 한 번씩 마야의 종아리에 툭툭 부딪쳤다.

경찰이 엄마보다 먼저 도착했다. 경찰의 침착한 대응과 질문에 마야는 든든함을 느꼈고, 일이 잘 해결될 수도 있겠다는 기대가 생겼다. 뒤이어 엄마가 왔다. 바닥 위를 요란하게 또각거리는 구두 굽 소리가 마치 기관총 소리처럼 들렸다. 엄마는 침착하게 경찰과 이야기했다. 질문은 신중했고, 대답은 분명했다. 마야는 도움이 될까해서 뭐든 말하려 했지만, 그럴 때마다 엄마는 눈으로 말리며 고개를 저었다. 마야는 자신의 실수를 만회하기 위해 어떻게든 도움이 되고 싶었다. 경찰관들이 동네를 수색했고, 그 중 한 명은 남아 집을 지켰다. 깜빡이는 경광등 불빛과 지지직거리는 무전기를 통해 들리는 대화까지, 모든 게 비현실적으로 느껴졌다. 영원히 깰 수 없는 악몽을 꾸는 느낌이랄까.

경찰이 할머니를 찾기까지는 그리 오랜 시간이 걸리지 않았다. 할머니는 몇 골목 떨어진 길거리에서 발견되었다. 지저분한 몰골로 방향 감각을 잃고 헤매는 중이었다고 한다. 할머니를 보자 마야는 쌓였던 감정이 폭발하며 눈물이 터져 나왔다. 엄마는 할머니 팔을 단단히 붙잡고 경찰관들에게 감사 인사를 했다.

경찰이 나가고 현관문이 닫히기 무섭게 할머니가 엄마 손을 뿌리쳤다. 두 사람은 짜증과 답답함에 일그러진 표정으로 서로를 보았다. 그러다 마야를 발견한 할머니의 얼굴에 곧바로 미소가 번졌다.

"마야, 왜 그리 울상이야?"

할머니가 짝짝 손뼉을 치며 말했다.

"우리 마야 기분 좋게 만들 방법을 할미가 알지! 추석날로 데려다주마. 어디 보자. 추석날 우리가 뭘 먹었더라?"

엄마가 힐긋 마야를 쳐다보았고, 미간의 주름이 더욱 깊어졌다. 엄마가 할머니에게 말했다.

"먼저 씻으셔야 해요."

"씻어? 방금 씻었는데."

할머니는 말을 붙인 사람이 엄마가 아니라 마야인 것처럼 계속 마야에게서 눈을 거두지 않았다. 마야가 눈물을 닦아 내며 말했다.

"할머니. 기억 안 나세요? 밖에서 한참 길 헤매고 다니셨잖아요."

"길을 헤매?"

이번에는 할머니가 얼굴을 찡그렸다.

"그래서 찾았니? 돌아왔어? 어딜 갔다던? 왜 지금은 여기 있어?"

마야가 엄마를 보았지만, 엄마는 할머니를 계단 위로 미느라 바빴다.

"얼른 올라가세요. 씻으셔야죠. 마야, 너하고 난 내일 이야기하자."

엄마와 할머니는 욕실로 들어갔다. 곧이어 물 받는 소리와 몸을 담그느라 욕조가 삐걱거리는 소리가 들려왔다. 마야는 기즈모를 안아 들고 따뜻하고 부드러운 털에 얼굴을 묻은 채 방으로 돌아왔다. 침대에 누워 이불을 덮었다. 불을 껐지만, 도무지 잠이 오질 않았다. 죄책감에 가슴이 짓눌리는 것처럼 답답했다. 자다네 집에 가지 않았어야 했다. 집에만 있었어도 할머니를 봤을 텐데. 할머니가 돌아다니는 소리를 들었을 텐데. 엄마의 신뢰를 잃었고, 무엇보다도 할머니를 위험에 빠뜨렸다. 마야는 자신을 결코 용서할 수 없을 것 같았다.

엄마와의 시간

어떻게든 자 보려 했지만, 그럴수록 잠은 더 멀리 달아났다. 결국 포기하고, 침대 밖으로 나왔다. 집안은 고요했고, 달빛이 계단을 희미하게 비췄다. 유난히 삐걱거리는 다섯 번째 칸을 피해 조심스레 계단을 내려가는 마야의 품에는 졸음에 취한 뚱보 기즈모가 안겨 있었다. 마야는 지금 자신이 뭘 하려는 건지도 몰랐다. 끔찍했던 오늘을 되돌릴 길은 없었다. 하지만 아이스크림 조금 먹는다고 나쁠 것은 없었다. 냉동실 구석에 초코칩 아이스크림이 남아 있을 것이다. 마야는 스트레스와 죄책감에 허기가 져서 견딜 수가 없었다.

부엌에 가까이 가 보니 환하게 불이 켜져 있고, 소고기와 마늘 냄새가 났다. 마야 품에 안겨 있던 기즈모가 눈을 번쩍 뜨고는 작고 까만 코를 크게 세 번 킁킁거렸다. 엄마가 할머니 앞치마를 두른 채 가스레인지 앞에 서 있었다. 한밤중에 일어나 있는 엄마를 보고 놀란 마야가 문턱에서 걸음을 멈추었다. 다른 곳도 아닌 부엌이라니. 그것도 요리까지 하면서!

마야는 고민스러웠다. 슬그머니 방으로 돌아갈까? 아니면 아무렇지 않은 척 부엌으로 들어가 말을 걸까? 그때, 마야의 배가 요란하게 꼬르륵거렸다. 엄마가 어깨 너머로 고개를 돌렸다. 엄마는 말없이 마야에게 들어오라는 손짓을 보냈다. 마야는 기즈모를 바닥에 내려놓고, 조리대 옆 의자에 앉았다. 기즈모가 조르르 달려가 엄마의 발치에 자리를 잡았다. 마야는 할머니 대신 엄마가 요리하고 있는 모습을 보니 기분이 묘했다.

엄마는 둥글넓적한 쌀떡을 큰 그릇에 불려 놓고, 육수를 끓이고 있었다. 한 번씩 국자로 위에 뜬 기름과 거품을 걷어 냈다. 마야는 엄마가 마지막으로 한식을 만드는 모습을 본 게 언제인지 기억도 나지 않았다. 떡국도 맛이 가물가물했다. 알싸한 다진 마늘 향과 어우러진 그윽한 소고깃국 냄새. 뱃속이 한층 더 시끄럽게 꼬르륵거렸다. 배가 고프다 못해 아픈 것 같았다. 마야는 적당한 말을 찾아 머리를 쥐어짠 끝에 입을 뗐다.

“엄마, 죄송해요. 오늘 일이요. 할머니만 두고 가면 안 되는 거였는데, 제가 생각이 짧았어요. 앞으론 할머니 더 잘 보살필게요. 두 번 다시 이런 일 없게요. 약속해요.”

엄마는 한숨을 내쉬며 불려 둔 떡을 건져 냄비에 넣었다. 한동안 국자로 냄비를 휘젓다가 이윽고 말했다.

“마야, 네가 일부러 그러지 않은 거 엄마도 알아. 하지만 엄마가 너한테 뭘 시킬 땐 다 이유가 있어.”

“알아요. 잘못했어요. 다시는 이런 일 없게 할게요.”

“자다네 집에 가야만 했던 중요한 일이 대체 뭐니? 넌 엄마

말을 어겼을 뿐만 아니라, 그동안의 일을 엄마한테 알리지도 않았어."

마야는 엄마의 마지막 말이 귀에 꽂히는 순간, 마음속에 작은 불꽃이 일었다. 순식간에 차오른 눈물을 삼키려 마야는 시큰거리는 눈을 빠르게 깜빡였다. 거짓말을 했다고? 그럼 엄마는? 엄마는 마야에게 말도 잘 붙이지 않았다. 거짓말은커녕 말도 안 섞는 사람이 되었다.

"맞아요, 엄마한테 말하지 못했어요. 그런데 거짓말이든 진실이든 엄마가 옆에 있어야 말을 하죠! 학교 일 때문에 스트레스 받고, 바빠 죽겠으면서도 할머니 돌보느라 제가 얼마나 노력했는데요. 마치 이 집엔 어른이 저 하나고, 제가 모든 걸 도맡아야만 하는 기분이라고요!"

엄마는 한참이나 마야에게서 눈을 떼지 않았다. 떡국 냄새와 함께 팽팽한 공기가 부엌에 감돌았다. 엄마는 차분하면서도 흔들림 없는 목소리로 말했다.

"그릇에 달걀 두 개만 깨 주겠니."

마야는 당황했다. 이게 끝이라고? 마야는 지금껏 엄마한테 대든 적이 없었다. 어른, 특히 엄마에게는 예의를 지켜야 한다고 배웠기 때문이다. 그런데 지금 엄마는 화내지 않고 오히려 마야를 보고 미소를 지었다.

마야는 말없이 냉장고에서 달걀 두 개를 꺼냈다. 그릇에 대고 달걀을 깨는 소리에 기즈모가 낑낑거렸다. 여기까지만 보면 할머니 옆에서 김밥용 달걀을 준비할 때와 똑같은 풍경이었다. 하지만 이번에는 뭔가 달랐다.

마야는 포크로 보드랍고 연한 노란빛이 돌도록 달걀을 잘 풀었다. 엄마가 그 달걀물을 떡국에 부었다. 그런 다음 부드럽게 8자를 그리며 휘저었다. 달걀이 몽글몽글 굳으며 길고 가느다란 모양으로 변신했다. 엄마가 그중 큰 조각 하나를 집어 식힌 뒤 기즈모의 밥그릇에 놓았다. 기즈모는 눈 깜짝할 사이에 달걀을 꿀꺽 삼켰다.

엄마가 뜨끈뜨끈한 떡국을 그릇 두 개에 나눠 담았다. 마야가 찬장에서 숟가락과 후추를 챙겨 오는 사이, 엄마는 구운 김 몇 장을 짧고 가느다란 모양으로 조각조각 잘랐다.

두 사람은 편안함과 어색함 사이 어딘가에서 아슬아슬한 줄타기를 하고 있었다. 그래도 마야는 떡국에 집중할 수 있어 다행이었다. 배도 고팠고, 음식에 몰입하면 잠시나마 말없이 버틸 수 있었으니까. 마야는 떡국 위에 김을 올리고 후추를 넉넉히 뿌렸다. 휘휘 저어 한 숟가락을 뜨고, 살짝 식힌 뒤 조심스레 넘겼다. 따뜻한 국물이 목을 타고 내려가는 순간, 마야는 긴 숨을 내쉬었다.

감칠맛에 살짝 짭짤한 맛, 그리고 후추의 알싸함까지. 언제 먹어도 떡국은 국물이 최고다. 다음엔 김, 달걀, 후추가 한데 어우러진 맛의 조화를 음미했다. 그리고 마지막으로 떡에 집중했다. 하얗고 쫀득한 떡이 국물의 맛을 잔뜩 머금어, 한입 한입이 풍미로 가득 찼다.

마야는 떡국 반 그릇을 비우고 나서야 반찬이 눈에 들어왔다. 한식은 알싸하고 매콤한 김치 없이는 완성되지 않는다. 김치는 담백한 떡국과 절묘한 대비를 이루는 환상의 조합. 오이무침은 매콤 새콤하면서 아삭아삭하다. 가볍게 무친 숙주나물과 시금치 나물도 눈에 띄었다. 마야는 이 반찬이 다 어디서 나왔는지 의아했다. 엄마가 마트에 갔다 왔나? 왜?

떡국은 간단한 요리지만, 그 맛은 깊다. 무언가 마음을 달래 주는 그런 맛이랄까. 떡국의 풍부한 맛과 반찬의 매콤하고 알싸한 맛이 감각을 가득 채워서, 어느새 마야는 그날 저녁의 걱정거리들을 까맣게 잊고 있었다.

마야가 떡국 한 그릇을 다 비워 갈 무렵 엄마가 숟가락을 내려놓고 마야의 손을 꽉 쥐었다.

"마야. 요즘 우리 대화가 별로 없었지. 엄마 잘못이야. 그런데 그동안 우리 둘 다 서로에게 진실하지 못했어. 이제는 그걸 끝낼 때가 온 것 같아."

마야는 엄마를 올려다보았다. 입술 밖으로 질문이 나오려던 찰나, 익숙한 끌림이 느껴졌다. 그와 동시에 엄마의 과거 속으로 끌려 들어갔다.

긴긴밤

마야는 두 사람이 언제, 어디에 도착했는지 살필 생각도 하지 않았다. 그저 엄마만 뚫어져라 쳐다보았다.

"어떻게? 엄마도 할 줄 아는 거예요?"

엄마가 침착하게 마야를 보며 말했다.

"할머니도 하시잖아. 왜 나도 할 수 있을 거라는 생각은 못 했니?"

할머니는 어딘지 모르게 이 세상 사람 같지 않기 때문이다. 할머니는 항상 한 발을 과거에 딛고 사는 사람 같기 때문이다. 할머니는 마야를 사랑하고, 무엇이든 마야와 나누고 싶어 하기 때문이다. 엄마와는 달리. 엄마는 너무 합리적이고, 너무 엄격하고 너무 멀게 느껴지는 사람이다. 엄마는 오직 다가올 미래만을 생각하며 행동하고 나아가려는 사람이다. 현실을 벗어나 추억 속에 사는 그런 사람이 아니다. 게다가 할머니는 그 능력이 엄마를 건너뛰었다고 했다. 잠깐. 아니. 정확히 그런 말은 아니었다. 한 가족이라도 능력이 없을 수 있다고 했지, 콕 집어서 그게 엄마라고 말한 적은 없다.

"엄마, 근데 왜 나한테 말하지 않았어요?"

"마야, 넌 왜 나한테 말 안 했어?"

엄마한테 말해야겠다고 생각했던 순간은 수도 없이 많았지만, 매번 때가 아닌 것 같았다. 때가 되었다는 확신이 들면 비밀을 털어놓을 수 있을 거로 믿었다. 엄마가 주위를 둘러보며 이상한 웃음소리를 냈다.

"내가 아직도 이걸 할 수 있을까 했는데, 너무 오랜만이라서 말이야. 이젠 정말 요리에서 손을 떼기도 했고. 한식은 더더욱."

엄마가 항상 간단한 음식만 후다닥 만들던 이유가, 설마 시간 여행을 하고 싶은 마음이 생길까 봐?

"그런데 지금은 왜요?"

"너한테 해 줄 말이 많아. 그중엔 설명하기 어려운 것도 있고. 너에게 몇 개의 장면을 보여 줄 거야. 이 모든 일을 이해하는 데 도움이 될 것들 말이야."

"이를테면요?"

엄마가 마야의 어깨 너머 무언가를 가리켰다.

"봐 봐. 저기."

마야는 엄마가 손짓하는 쪽으로 고개를 돌렸다. 현숙과 영수가 딸 유진의 손을 잡고 길을 걷고 있었다. 세 사람 모두 외투 자락 밑으로 밝고 화려한 한복이 보였다. 하늘에서 흩날리는 눈이 세 사람의 머리와 어깨에 내려앉았다. 그들은 걸으면서 한 번씩 눈을 털어 냈다. 눈앞의 어린 엄마는 마야가 처음으로 시간 여행을 갔던 팥빙수 추억 속의 엄마와 엇비슷한 나이처럼 보였다. 엄마, 아빠와 한 손씩 나눠 잡은 유진은 두 사람의 팔을 당기며 졸랐다.

"또 태워 주세요!"

현숙이 "이제 그만" 하고 말리는 동시에 영수가 "이번이 마지막이야" 하고 말했다. 유진은 두 다리를 힘껏 차올렸다. 엄마, 아빠가 앞뒤로 손 그네를 태워 주자 유진은 신나서 소리를 질렀고, 곧 세 사람 모두 웃음을 터뜨렸다.

마야는 행복해 보이는 가족을 가만히 바라보았다.

'나도 어렸을 때 엄마, 아빠가 저렇게 그네를 태워 주었을까.'

마야는 유진이 참 운 좋은 아이라는 생각이 들었다.

가벼운 눈송이가 끊임없이 내려 도시 전체를 덮어 갔다. 거리도, 지붕도 새하얗게 반짝이는 눈으로 서서히 뒤덮였고, 도시의 소음은 눈 속에 잠긴 듯 잦아들었다. 어둠이 내려앉는 풍경은 고요하고도 운치 있었다. 아이들과 젊은 연인들, 가족들은 서로의 팔을 잡아 주며 미끄러운 길을 조심스레 걸었다. 하얀 눈 위에 점점이 찍힌 사람들의 한복은 겨울에 피어난 동백꽃처럼 선명하게 빛났다.

"여기 참 아름다워요. 다들 어디 가는 거예요?"

"새해를 맞이하는 거야. 친척 어르신들을 뵙고 절하러 가는 거야. 세배라고 하지. 이 집 갔다, 저 집 갔다, 가는 집마다 떡국은 물론이고 음식을 먹고 또 먹고. 결국 배불러서 숨도 못 쉴 정도가 되는 거야. 먹고 나면 절을 하고 세뱃돈을 받아. 정말 재밌지. 내가 제일 좋아하는 명절 중 하나였는데."

마야는 방금 떡국을 먹고 뱃속까지 따뜻해졌던 느낌이 서서히 사라지고 있었지만, 엄마의 이야기를 듣다 보니 다시금 따뜻함이 차올랐다. 마야가 제자리에서 한 바퀴 돌며 물었다.

"잠깐만요. 떡국은 어딨죠?"

이상한 소리를 한다는 얼굴로 엄마가 마야를 쳐다보았다.

"길거리에서는 떡국 안 먹지. 어떻게 먹어."

"아, 그게 아니라, 지금까지는 과거로 갈 때마다 어떤 음식을 먹고 있는 딱 그 순간으로 갔거든요."

"그래, 그게 제일 쉽지. 그런데 집중만 잘하면 그 순간 전후로 시간을 늘릴 수가 있어. 또 연습만 많이 하면 훨씬 더 많은 것이 가능하고."

마야는 낯선 사람 보듯 엄마를 보았다. 사람에 따라 능력이 다르다는 건 제프 때문에 마야도 아는 바였다. 그렇긴 해도 엄마가 이런 여행이 가능하고, 더 나아가 시간의 제약에 얽매이지 않는 능력의 소유자라니, 도무지 믿기지 않았다. 엄마는 시간 여행을 얼마나 많이 했던 걸까? 대체 언제부터 이런 능력을 갖게 된 걸까?

갑자기 마야가 하품을 하고 눈을 비볐다. 엄마가 마야를 보고 힘없이 웃었다.

"어머나. 긴긴밤이었지. 너도 물어보고 싶은 게 많을 거고, 나도 해 줄 말이 참 많지만, 지금은 잠부터 자자."

"그래도……."

"푹 쉬면 다음번엔 더 잘할 거야."

마야가 반박할 틈도 없이 엄마는 마야의 손을 잡고 현재로 돌아왔다. 오자마자 엄마는 마야를 방으로 쫓아 보냈다.

"자고 내일 아침에 더 이야기하자. 우린 또 갈 거야. 너한테 보여 줄 게 있어."

마야는 엄마가 무슨 말을 더 하려는지 상상이 가질 않았다.

엄마는 둘이 먹던 국그릇을 싱크대로 옮겼지만, 설거지는 하지 않았다. 이 또한 엄마의 낯선 모습이었다. 엄마가 얼마나 피곤했으면.

“알겠어요. 자 보긴 하겠지만, 잘 될지 모르겠어요.”

“지금은 괜찮은 것 같아도 누우면 금세 잠들 거야. 넌 몸도 마음도 휴식이 필요해.”

엄마 말대로 마야는 베개에 머리가 닿자마자 곯아떨어졌다.

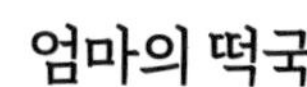

엄마의 떡국

· 마야의 구체적인 계량법을 더함! ·

떡국용 떡 2~3컵 / 다진 소고기 50그램 / 다진 마늘 1큰술
참기름 1~2큰술 / 물 5~6컵+떡 불림용 물 / 국간장 1큰술 / 송송 썬 대파 약간
기호에 따라 소금과 후추 / 달걀 2개 / 구운 김 몇 장(고명용) / 만두(선택)

1. 냉동 상태인 경우, 떡국용 떡을 찬물에 30분간 불린다.
2. 중강불에서 다진 소고기에 마늘과 참기름을 넣어 볶는다.
3. 물 5~6컵을 붓고 끓여 육수를 만든다.
4. 불린 떡국용 떡의 물기를 빼 육수에 넣는다.
5. 국간장을 넣어 간을 맞춘다.
6. 중불에서 20~30분 끓인다.
7. 간을 보고 필요하면 소금을 추가한다. 썰어 둔 파를 넣는다.
8. 작은 그릇에 달걀을 푼다. 숟가락 뒷면으로 달걀물을 냄비에 조금씩 흘려 넣는다.
9. 떡국을 그릇에 담은 뒤 구운 김을 잘게 잘라 고명으로 올리고, 기호에 따라 후추를 뿌린다.
10. 오래 두면 떡이 불어서 물컹거릴 수 있으니 바로 먹는다.

9

호호호

호떡

부엌에 모인 세 사람

이튿날, 마야는 아침 일찍 눈을 떴다. 엄마도 일어나 있으면 좋겠다고 생각하며, 깡충깡충 계단을 내려갔다. 엄마와 보내는 시간이 이렇게 기대되는 게 언제였는지, 기억조차 나지 않았다.

엄마는 벌써 부엌에 나와 있었고, 놀랍게도 할머니도 있었다. 할머니는 정신이 또렷해 눈빛까지 초롱초롱했다. 어젯밤처럼 흐릿한 모습은 전혀 찾아볼 수 없었다.

"안녕히 주무셨어요."

엄마와 할머니가 마야를 향해 고개를 돌렸다.

"잘 잤니?"

"어, 그래, 마야."

마야가 엄마에게 물었다.

"또 떡국이에요?"

"이건 좀 달라. 오늘은 너를 다른 순간으로 데려가고 싶거든."

마야가 엄마와 할머니를 번갈아 쳐다보다가 머뭇거리며 물었다.

"엄마가 아는 거 할머니도 아세요?"

할머니가 엄마에게 알리지도 않고 마야를 시간 여행에 데려간 것 때문에 모녀 사이에 다툼이 나는 게 마야는 싫었다.

할머니가 웃었다.

"암, 알다마다."

엄마가 빙긋 웃으며 말했다.

"괜찮아."

그건 진짜 웃음이었다. 다툼을 피하기 위한 억지웃음과는 달랐다.

"먼저 이 호떡 만드는 것 좀 도와줄래?"

"호떡이요?"

"그동안 호떡 만드는 법 알아내려고 너 혼자 씨름했다는 거 알아. 이리 와. 엄마가 가르쳐 줄게."

엄마가 앞치마를 마야에게 둘러 주었다. 할머니가 필요한 재료를 한데 모아 놓자, 엄마가 만드는 순서를 하나씩 알려 주었다. 마야는 하나도 빼놓지 않고 기억하려고 했지만, 엄마 역시 할머니처럼 정확한 계량을 하지 않았다. 반죽이 부풀기를 기다리며 다 같이 앉았을 때 마야가 물었다.

"아빠가 제일 좋아하는 거랬죠?"

엄마가 희미하게 웃으며 고개를 끄덕였다.

"호떡 장수만 보이면 꼭 사 먹고야 말았지. 조금만 쌀쌀해도 '오늘은 호떡 먹기 좋은 날씨네!' 했고. 네가 먹기는 너무 크다고 아무리 뭐라고 해도 너한테 하나 쥐어 주고 싶어서 안달이었어."

"아빠하고 같이 먹던 기억이 나는 것도 같아요."

엄마가 놀라서 눈이 동그래졌다.

"정말?"

"정확한 건 아닌데, 추운 날 달고 뜨거운 걸 먹었던 기억이라고 해야 하나."

짧은 정적 끝에 할머니가 두 사람을 보며 말했다.

"다 됐네."

세 사람은 손에 밀가루를 묻히고 반죽을 하나씩 집어 들었다. 그런 다음 흑설탕과 계핏가루를 섞은 소로 속을 채웠다. 마야가 끈적거리는 반죽 때문에 어쩔 줄 몰라 할 때마다 엄마가 손에 밀가루를 뿌려 주었다.

엄마가 달군 팬에 기름을 두른 다음 공 모양 반죽 세 개를 올렸다. 반죽이 지글지글 타닥타닥 소리를 내며 익어 가자, 주걱으로 꾹꾹 눌러 원반처럼 납작하게 펼쳤다. 마야가 호떡 담을 접시를 집으려 하자 엄마가 말렸다.

"아직. 속까지 따끈따끈하게 익어야 돼."

엄마가 호떡을 뒤집고, 팬에 뚜껑을 덮은 뒤 불을 낮췄다.

"우리 지난번과 같은 때로 가는 거예요?"

"같은 해, 같은 날이지만 다른 순간이야."

엄마의 목소리는 부드러웠다.

"왜 또 같은 날로 가요?"

"할머니도 나도 너한테 더 보여 줄 게 있어서."

엄마에게 물어볼 때마다 느꼈던 긴장감은 사라지고 없었다. 지금의 엄마는 다른 사람 같았다. 할머니가 오기 전의 엄마와도 달랐다. 엄마가 마야에게 이렇게 마음을 활짝 연 적이 없었다. 그런데 이제 마야와 엄마는 서로의 비밀을 알게 되었다. 마야는 큰 안도감을 느꼈고, 어젯밤 할머니가 없어졌을 때의 온갖 걱정과 고통마저 다 씻겨 나간 듯했다. 마야가 물었다.

"그게 뭔지 지금은 말해 주지 않을 거죠?"

엄마가 마야를 보고 웃었다.

"이미 답을 알고 있네."

마야가 웃으며 말했다.

"엄마하고 할머니는 어쩜 그렇게 똑같아요. 두 분 다 말보다는 직접 보여 주는 걸 좋아해요."

엄마가 팬에서 빠르게 호떡 세 개를 들어낸 뒤 불을 껐다. 세 사람은 호떡이 식을 때까지 잠시 기다렸다. 이만하면 손으로 집어도 데지 않겠거니 했지만, 물론 그 정도로는 어림도 없었다. 마야가 호떡을 한입 베어 물자, 속에서 흘러나온 달콤한 소가 입안 가득 퍼지며 고소한 반죽 맛을 감미롭게 감싸 주었다. 이 호떡은 완벽했다. 그동안 마야가 실패를 거듭했던 호떡과는 비교할 수 없었다. 마야가 다시 한입 먹으려는데, 엄마가 막았다.

"준비됐니?"

마야는 활짝 웃으며 호떡을 내려놓고 왼손으로는 엄마 손을, 오른손으로는 할머니 손을 잡았다.

"준비됐어요."

"그럼 가자."

엄마가 손을 당겼고, 셋은 함께 눈 내리던 새해 첫날로 되돌아갔다.

"또 태워 주세요!"

목소리의 주인을 알아본 마야가 고개를 돌리자, 어린 유진의 손을 붙잡은 젊은 현숙과 영수가 눈에 들어왔다. 마야에게는 낯익은 장면이었다. 현숙과 영수가 유진을 앞뒤로 흔들며 그네를 태우자, 유진이 까르륵거렸다.

마야는 엄마와 할머니에게로 돌아섰다. 과거의 한 순간을 두 사람과 함께 보고 있다는 사실이 놀랍기만 했다. 할머니, 엄마, 딸. 삼 대가 함께.

하늘에서 가만가만 눈이 내리고 있었지만, 마야와 엄마, 할머니에게는 단 한 송이도 내려앉지 않았다. 눈은 그대로 세 사람의 몸을 통과해 발밑에 쌓였다. 웃음소리와 함께 "새해 복 많이 받으세요!"라는 인사가 사방에서 들려왔다. 세상이 새롭고 활기차게 느껴졌다. 무엇이라도 가능할 것만 같은 기분이었다.

"왜 엄마가 이날을 좋아하는지 알겠어요. 명절 분위기 나고 재밌어요!"

"그래, 예전엔 그랬지."

엄마 목소리는 간신히 알아들을 정도로 작았다. 옆에서 할머니가 맞장구를 쳤다.

"나도 설날이 제일 좋더라."

그때 영수가 외쳤다.

"호떡이다! 호떡 사 가자!"

현숙이 말렸다.

"그러다 늦어요."

"오래 안 걸려요. 기차 안에서 먹으면 시간도 금방 갈걸."

현숙이 고개를 끄덕이자 꼬마 유진이 폴짝폴짝 뛰면서 외쳤다.

"호떡! 호떡!"

마야는 저절로 미소가 지어졌다. 알고 보니 아빠가 좋아했다는 호떡을 엄마도 할아버지도 좋아했구나, 싶었다. 호떡값을 치른 뒤 유진의 가족은 다시 발길을 옮겼다.

엄마가 따라가자며 마야를 잡아당겼다.

"우리 어디 가는데요?"

"걸어서 가기엔 좀 먼 집도 있어. 다음번 새배할 집은 기차만 타면 금방이야. 가자, 어서."

엄마와 할머니와 마야는 눈 덮인 언덕 위로 구불구불 이어진 작은 길을 걷는 행복한 가족을 뒤따랐다. 주위에 사람이 많지 않아서 현숙과 영수는 한 번 더 유진에게 팔 그네를 태워 주었다. 마야는 세 사람의 오붓한 모습이 참 보기 좋았다. 더할 나위 없이 완벽한 가족처럼 보였다. 그들은 간신히 시간에 맞춰 역에 도착했고, 출발 직전 기차에 올랐다. 기차 칸에는 빈자리를 찾을 수 없었다. 마야는 숨을 한껏 들이마신 뒤 승객들 사이를 아슬아슬하게 통과했다. 반면 엄마와 할머니는 사람들 사이를 거침없이 뚫고 객실 뒤쪽으로 걸음을 옮겼다. 시간 여행을 올 때마다 자꾸만 깜빡했다. 마야는 이 세계 사람이 아니라서 괜히 비좁은 공간을 뚫고 사람들을 헤치며 지나갈 필요가 없다. 누가 있든 앞으로 나아가기만 하면 된다. 그걸 아는데도 마야는 승객들로 꽉 찬 기차 안에서 진땀이 났다.

엄마가 말했다.

"여기 서 있어. 아니면 저리 가서 앉든가."

엄마가 여자아이 둘이 앉은 자리를 가리켰다. 마야는 다른 사람의 몸과 겹쳐 앉는다는 생각만으로도 부르르 떨었다.

"그냥 여기 서 있을래요."

마야의 앞에 자리를 잡고 앉은 현숙 부부는 많은 대화를 주고받지는 않았지만 흐뭇한 표정이었다. 현숙은 유진을 꼭 안고 있었다. 유진은 호떡을 먹느라 끈적끈적해진 입가며 손가락을 창문에 딱 붙이고 있었다.

마야는 엄마하고 같이 이곳에 있는 게 좋으면서도 이상했다. 대체 얼마나 중요한 일이기에 엄마는 감춰 왔던 진실을 드러내고 마야를 이리로 데려온 걸까? 마야는 엄마 쪽을 힐끗 보았다. 엄마는 눈을 꼭 감고 있었다. 부모님과 함께했던 행복한 순간을 보지 않고 있다는 게 이상했다. 할머니에게로 눈을 돌렸다. 할머니는 잔잔한 미소를 머금고 영수를 바라보고 있었다.

마야는 눈 내리는 창밖 풍경을 보며 몸을 떨었다. 이유는 모르겠지만, 기차가 흔들릴 때마다 진동이 뼛속까지 전해졌고, 어딘가 불편하면서도 조마조마한 느낌이 들었다. 조금 전까지만 해도 한겨울의 모험처럼 느껴지던 눈앞의 장면이 이제는 구름이 짙어지고 바람이 거세지면서 차갑고 공허하게 느껴졌다.

열차가 굽은 선로 위를 돌자, 엄마가 눈을 번쩍 뜨고는 마야의 손을 붙잡아 옆으로 바짝 끌어당겼다. 엄마가 긴장된 목소리로 속삭였다.

"이제 시작이야. 우리는 무사할 거야. 마야, 사랑해."

유진과 마야

마야는 어리둥절해 다시 창밖을 내다보았다. 열차는 역에 가까워지는 것도, 속도를 줄이는 것도 아니었다. 오히려 더 빠르게 달리고 있는 것처럼 보였다.

그다음 일은 정말 한순간이었다.

끼이이익, 금속이 갈리는 소리가 점점 더 크게 터져 나왔다. 과거로 떠날 때의 충격보다도 훨씬 거친 흔들림이 몸 전체를 덮쳤다. 쇠붙이가 상상도 못 할 모양으로 휘고 비틀리며 날카로운 소음이 났다. 사방에서 사람들이 공포에 찬 비명을 내질렀다. 객실 가운데가 무너져 내릴 때, 영수가 아내와 딸을 큰 소리로 불렀다.

"아빠!"

유진이 울먹이며 손을 뻗었다. 현숙은 한 팔로 유진을 끌어안고, 다른 팔은 영수에게 뻗었지만, 눈 깜짝할 사이, 그들은 사라졌다.

마야는 비명조차 지르지 못했다. 현숙이 유진을 감싸 안았던 것처럼 엄마가 마야를 세게 껴안았다. 열차 안에서 이리저리 내던져지는 대신, 마야의 몸은 어느새 익숙한 움직임 속으로 빨려 들어갔다. 아래로. 아래로. 끝이 보이지 않는 깊은 곳으로 떨어지는 느낌이었다.

시작했을 때와 똑같이 갑작스럽게 모든 게 끝났다. 마야와 엄마는 풀밭으로 떨어졌다. 눈은 온데간데없고, 밝은 해가 내리쬐고 있었다.

"괜찮아?"

현숙은 유진의 팔다리를 정신없이 더듬으며 긁히거나 부러진 데가 없는지 살폈다. 다친 곳이 없음을 확인하고 나자, 딸을 끌어안고 흐느꼈다. 그러고는 주변을 훑으며 소리쳐 불렀다.

"여보! 여보!"

현숙은 딸을 끌어안은 채 풀밭 옆 도로를 위아래로 뛰어다니며 남편을 애타게 불렀다.

"안 돼. 여기 있어야지! 어딨는 거예요?"

현숙은 애처롭게 주저앉아 갈라진 목소리로 남편을 찾았다.

"당신 여기 있는 거죠, 그렇죠?"

현숙은 유진을 더욱 세게 끌어안았고, 둘은 함께 울었다. 그들이 입은 때 묻은 겨울옷과 눈물로 얼룩진 얼굴은 꽃이 만발한 푸른 언덕과는 너무 동떨어져 보였다. 바로 몇 분 전만 해도 눈으로 뒤덮였던 바로 그 언덕, 기차를 타러 가기 위해 걷던 바로 그 길이었다.

마야는 얼마나 오래 현숙과 유진을 바라보고 있었는지조차 잊었다. 머릿속에 생각이란 생각이 죄다 증발해 버린 듯했다. 지금처럼 온전히 과거의 순간을 느낀 건 처음이었다. 캄캄한 영화관에 홀로 앉아 눈앞에 펼쳐지는 장면을 지켜보는 것과는 달랐다. 마야는 자신이 이 장면의 일부인 것처럼 느꼈다. 문득 누군가 팔을 쥐며 멍한 상태의 마야를 흔들어 깨웠다. 엄마였다.

"무슨 일이 있었던 거예요? 여긴 어디에요? 할아버지는요?"

엄마는 말없이 고개만 저었다.

"할머니? 방금 무슨 일이 있었던 거예요?"

할머니는 고개를 돌렸다. 눈물 한줄기가 뺨을 타고 흘렀다. 할머니는 마치 방금 목격한 끔찍한 사고와 거리를 두려는 사람처럼 멀찌감치 걸어가 산을 바라보며 섰다. 마야는 너무 놀라서 손으로 입을 가렸다. 이렇게 돌아가신 거였다. 할아버지는.

"그런데 교통사고로 돌아가셨다고 했잖아요."

마야가 엄마에게로 돌아서며 물었다.

"게다가 엄마도 같이 있었단 얘기는 아예 하지도 않았고요."

엄마가 말했다.

"우리가 너한테 하지 않은 말이 아주 많아. 우리 둘 다 진실을 감출 수밖에 없는 이유가 있었어. 하지만 지금 이 순간, 네가 여기서 본 모든 것, 이건 진실이야. 그리고 또 하나의 진실은 그가 여기 없다는 거고. 그 사람은 시간 속에서 길을 잃었어."

"시간 속에서 길을 잃다니요? 어떻게요?"

그때, 차 한 대가 현숙과 유진 앞에 멈춰 섰다. 두 사람은 여전히 서로를 끌어안은 채 울고 있었다. 차문이 열리고, 젊은 여자가 차에서 뛰쳐나왔다.

"괜찮으세요? 어머나!"

여자가 손으로 입을 가렸다.

"사고 났어요?"

마야는 차와 여자를 번갈아 보았다. 차에 대해서는 잘 모르지만, 그게 요즘 차라는 것쯤은 알았다. 더구나 이 여자는 요즘 옷에, 손에는 휴대전화까지 들고 있었다. 마야는 엄마 쪽으로 고개를 홱 돌렸다.

"우리 지금 과거에 있는 거 아니에요? 아니, 우리 지금 할아버지, 할머니의 과거에 있는 거 아니에요? 그럼 그분들은 어디로 이동한 거예요? 지금이 언제예요?"

엄마는 말이 없었다. 엄마의 눈이 마야에게서 현숙과 유진에게로 빠르게 움직였다. 마야는 엄마의 눈길을 따라 다시 그들을 보았다. 방금 전 겪은 악몽 같은 사고가 얼마나 충격적이었는지, 떨리는 몸과 뻣뻣한 움직임에 그대로 드러났다.

현숙이 아무런 대답도 하지 않자, 젊은 여자가 머뭇거리며 물었다.

"제가 누구라도 연락 좀 해 드릴까요?"

여자의 복장과 휴대전화를 발견한 현숙의 얼굴 위로 날카로운 표정이 스치는가 싶더니 곧바로 자취를 감추었다. 현숙은 몸을 웅크리며 두 손으로 머리를 감싸 쥐었다.

"언덕을 굴렀는데 머리를 부딪친 것 같아요."

"구급차 부를게요."

"네, 부탁드려요. 시내로 가서 전화 좀 해 주세요. 저희는 여기서 기다릴게요."

"아, 그럴 필요 없어요. 저 전화 있어요."

여자의 손가락이 휴대전화 자판 위를 빠르게 움직였다. 현숙이 몸을 벌떡 일으켰다.

"안 돼요!"

"아니, 사고를 당하셨으면 병원에 가야죠. 제가 모셔다 드릴 수 있어요. 따님은 괜찮아요?"

현숙은 한 번 고개를 끄덕이고는 몸을 움츠리며 손등으로 머리를 짚었다.

"아, 네. 괜찮아요. 제가 병원을 좀 싫어해서."

여자가 난감한 표정으로 얼굴을 찡그렸다.

"정말 병원에 가 보셔야 할 것 같은데. 아주머니나 따님이나 어디 잘못됐을 수도 있잖아요. 전화하면 구급차가 금방 올 거예요."

현숙은 할 말을 찾아 정신없이 생각을 더듬었다.

"잠깐만요! 다 이유가 있어요."

"네?"

"제 동생이 의사라서요. 알아서 해 줄 거예요. 서울로 가는 차만 있으면 돼요. 병원은 우리 딸이 무서워할 거라."

여자가 고개를 끄덕이며 말했다.

"아, 가족 중에 의사가 있군요. 그럼 타세요. 제가 서울까지 모셔다 드릴게요."

"감사합니다. 제 딸부터 좀 진정시키고요."

여자는 고개를 끄덕이고는 자리를 비켜 주기 위해 먼저 차에 올랐다. 현숙은 풀밭에서 울고 있는 유진 앞에 무릎을 꿇고 앉았다. 어느덧 현숙의 목소리는 단단해져 있었다. 마야가 이전에 과거로 갔을 때는 보지 못했던 강철 같은 면모가 느껴졌다. 할머니보다는 엄마의 말투와 비슷했다.

"가자. 여기 이렇게 앉아 있을 수는 없어. 오늘은 우리 인생에서 최악의 날이지만, 그래도 헤치고 나가야만 해. 오늘만 지나면 다 끝나. 앞으론 좋아질 거라고 엄마가 약속해. 걱정 마. 이리 와."

현숙이 유진을 안아 차로 데려갔다.

"따님은 괜찮은가요? 어디 다친 건 아니죠?"

"네, 괜찮아요. 조금 놀란 것뿐이에요."

"천만다행이에요. 따님은 이름이 뭐예요?"

현숙이 딸의 뺨에 입을 맞추고 여자를 보며 말했다.

"마야예요."

온전한 진실

마야는 그대로 얼음이 되었다. 싸늘한 전율이 온몸을 타고 흘렀다.

엄마가 나직이 말했다.

"마야. 기억 안 나? 하나도? 지금도?"

"뭘 기억해요?"

앙칼진 목소리였다. 마야는 발밑에서 세상이 와르르 무너지는 기분이었다.

"전 이런 거 처음 보는데요. 맞죠? 그렇죠?"

엄마가 고개를 흔들었다.

"미래로 시간을 건너뛰는 중에 네 기억이 흔들렸던 것 같아. 이 사고 이후로 넌 한동안 기억하는 것에 어려움을 겪었어."

"그러니까, 저게 나라고요?"

마야는 고속도로를 향해 언덕 밑 지평선 끝으로 사라지고 있는 자동차를 손으로 가리켰다.

"그럼 엄마는요? 기차에 탄 그 사람은 아빠였고요? 우리 아빠? 내가 아빠를 얼마나 찾았는데, 내가 여태껏 보고 있던 사람이 아빠란 말이에요? 그래서 이제 어떻게 되는 건데요? 아빠를 잃어버렸다는 거예요? 영영? 시간 속에서?"

아빠.

오랫동안 할아버지라고 여겼던 사람이 사실은 아빠라니. 지금껏 시간 여행으로 아빠를 볼 수 있기를 바라고 또 바랐건만, 계속 아빠를 보고 있었다니. 딸과 팥빙수를 두고 장난스럽게 다툼을 벌이던 사람이 아빠였고, 그 딸은 마야였다. 잔칫날에 아내를 사랑스러운 눈으로 바라보던 남자가 아빠였고, 그 아내는 다름 아닌 마야의 엄마였다. 그리고 마야는 아빠의 마지막 순간을 지켜보았다.

마야의 숨이 점점 빠르고 거칠어졌다. 그러다 갑자기 본능처럼 몸을 웅크려 무릎을 끌어안고 앞뒤로 흔들었다. 익숙한 군밤 냄새가 옆을 스쳐 갔다. 마야는 눈을 질끈 감고 차오르는 눈물을 꾹꾹 눌러 삼켰다. 누군가 등에 가볍게 손을 얹었다.

"마야, 숨 쉬어. 크게 들이마셔. 다 괜찮아질 거야."

마야는 천천히 말았던 몸을 펴고, 고개를 들었다. 엄마와 할머니가 걱정 가득한 얼굴로 내려다보고 있었다. 떨리는 숨을 크게 들이마시며 몸을 일으킨 마야가 두 사람을 빤히 쳐다보았다. 마야는 자기가 무엇을 원하는지 알았다. 마땅히 들어야 할 말이 무엇인지도 알았다.

"두 분 다 하나도 남김없이 말해 주세요. 더는 감추지 말고요. 중요한 부분을 쏙 빼고 말하지 말고요. 저는 온전한 진실을 원해요. 전부 다요. 좋은 얘기든 나쁜 얘기든. 나쁜 얘기라면 더더욱."

"알았어. 가자. 집에 가서 다 말해 줄게. 엄마가 약속해."

엄마가 마야에게 손을 내밀었다. 그리고 10년 전 그랬듯, 엄마 품에 안긴 마야는 할머니와 함께 그 끔찍하고 황량한 곳을 벗어났다.

돌아온 엄마는 남은 반죽과 소로 호떡을 만들며 이야기를 시작했다.

"한 세대마다 한 명 정도, 가족 중 누군가는 시간 여행을 할 수 있는 능력을 타고 나. 그런데 이제 너도 알겠지만, 그 힘에는 한계가 있어. 과거를 바꿀 수는 없다, 그곳 사람들과 상호 작용은 안 된다, 미래로의 여행은 안 된다."

엄마가 잠시 뜸을 들이다 말했다.

"너와 내가 미래로 가버린 건 나중에 다시 이야기하자. 그건 간단한 문제가 아니라서."

엄마가 말을 이었다.

"시간 여행을 할 수 있는 사람이 우리만 있는 게 아니야. 보통 집안 대대로 이어져 내려오지. 우리 가족하고 꽤 친하게 지내던 집이 있었는데, 내가 어렸을 때 그 집이 부산으로 이사를 가면서 연락이 끊겼어. 어쨌건 나는 어머니에게 모든 걸 배웠어. 우리 가족 핏줄에 흐르는 그 능력이 나에게 있다는 걸 어머니가 아셨던 거지. 음식을 좋아하고, 미각이 예민한 데다 정말 속상할 때마다 곁을 맴도는 희미한 군밤 냄새까지."

"저도 그래요?"

"난 애써 너는 아닐 거라고 생각하며 살았어. 어렵진 않았어. 넌 웬만해선 화를 내지 않는 차분하고 조용한 아이였으니까. 그런데 어젯밤 할머니가 사라졌을 때 너한테서 그 냄새가 났어."

"나머지 가족은 어떤데요?"

"나 말고는 내 형제자매나 어머니 형제자매 중엔 아무도 없었어. 우리를 따라 시간 여행을 할 수 있지만, 손을 놓고 신체 접촉이 끊어지는 순간, 펑, 집으로 되돌아오는 거야. 과거에 머물다 알아서 집으로 돌아올 수 있는 사람은 나밖에 없었어."

마야가 할머니에게 물었다.

"그 능력은 왜 엄마한테만 있어요?"

할머니가 마야를 보고 빙긋 웃으며 머리를 흔들었다.

"지금은 내 시간이 아니다. 내가 들려줄 이야기가 아니야."

그러면서 숟가락으로 엄마를 가리켰다. 엄마가 말을 이었다.

"난 너무 좋았어. 내가 강하고 특별한 사람이 된 기분. 살면서 가장 좋았던 순간을 언제고 다시 볼 수 있으니까. 그걸 좋아하지 않을 사람이 누가 있겠어?"

마야는 고개를 끄덕였다.

"그러다 어른이 돼서 네 아빠를 만나 결혼하고, 너를 낳았어. 우린 행복했어. 그러다 그 새해 첫날, 고모님 댁에 세배 드리러 가던 길에 우리가 탄 열차가 다른 열차와 충돌한 거야."

떠올리고 싶지 않았지만, 어쩔 수 없이 그 끔직한 순간이 마야의 머릿속에서 재생되고 또 재생되었다. 마야가 차오르는 눈물을 참으며 쉰 목소리로 말했다.

"그런데 우리는 죽지 않았죠."

"그래. 우리는 살았어. 너하고 난. 너희 아빠도. 하지만 아빠는 사라졌어. 세상 사람들에게는 잔해 속에서 사망한 것으로 여겨졌지. 그때 네 울음소리를 듣고 머릿속에는 한 가지 생각밖에 떠오르지 않았어. 너를 지켜야겠다는 생각. 널 껴안고, 그러고 나서 네 아빠를 향해 손을 뻗었지. 맹세코 난 네 아빠 어깨를 붙잡았어. 그때 나는 우리가 무사하기만을, 열차에서 빠져나갈 수 있기만을 간절히 바랐어. 거기만 아니면 어디든 좋다고. 미래의 어느 시간, 우리 가족이 다시 잘 지내고 이 사건은 머나먼 기억으로 남을 그 시간만을 떠올렸어. 그리고 우리가 사라지는 느낌이 드는 순간, 얼마나 마음이 놓였는지 몰라. 어쨌든 내가 우리를 구할 수 있었으니까."

한동안 말을 잊지 못하다가 엄마가 갈라진 목소리로 말했다.

"그동안 얼마나 나 자신을 미워하며 살았는지 넌 몰라. 내가 조금만 더 잘 생각하고 빠르게 움직였다면 네 아빠를 구할 수 있었을 텐데. 뭔가 잘못 됐다는 걸 느끼자마자 너하고 네 아빠를 붙잡았어야 했는데. 내가 조금만 빨랐더라도. 처음엔 나도 내가 뭘 했는지조차 몰랐어. 나는 우리를 과거의 기억으로 데려간 게 아니었어. 미래로 데리고 가 버렸던 거야. 그러는 중에 네 아빠를 잃었고."

"어떻게 미래로 간 거예요? 그리고 왜 되돌아가지 않았어요? 왜 원래 우리가 있어야 할 그 시간으로 돌아가지 않았냐고요."

"그 일은 네가 그동안 겪어 본 짧은 시간 여행과는 달라. 우리 몸이 실제로 그 차원으로 이동했던 거야."

마야는 된장찌개 여행에서 들었던, 할머니의 사촌이 사라진 일이 떠올랐다. 엄마가 말했다.

"완전히 미래로 간 거였어. 실제 미래로. 관찰자가 아니고 평생 그곳에 살아야 하는 사람이 된 거야. 너도 알지? 우리가 과거로 가더라도 과거의 일들을 바꿀 수 없다는 거. 이미 벌어진 일이니까. 그것처럼 미래로 이동하면 그걸로 끝이야. 우리 앞에 놓인 무수한 가능성 중에서 하나를 선택한 게 되는 거니까. 그 선택의 결과는 계속 이어지는 거지. 나는 그 시간으로 돌아가 어떻게든 상황을 바꿔 보려고 했어. 하지만 아무리 가고 또 가도 내가 지금까지 갔던 다른 과거의 순간들과 마찬가지로 그들에게 나는 보이지 않는 사람이었지. 그곳에 계속 머무를 수도 없었어. 결국 보다 못한 어머니가 나를 말리며 말했지. 세상엔 운명이라는 게 있다고. 아무리 애써도 어쩔 수 없는 일이 있는 법이라고. 어머니가 사촌을 잃어버린 것도, 내가 네 아빠를 잃어버린 것도 운명이라고. 우리가 인연이어서 하나로 이어졌어도 운명을 바꿀 수는 없는 일이라고."

"그 다음엔 어떻게 됐어요? 우리는 어떻게 서울이 아닌 여기로 오게 된 거예요?"

"네 아빠는 찾을 수가 없었고, 30년을 훌쩍 뛰어넘었으니 가족과 친구들은 달라졌지. 가족 중 몇 사람은 우리 사정을 알았지만, 친구들에겐 비밀로 했어. 어차피 이해 못 할 테니까. 그들은 우리 가족이 열차 사고로 다 죽은 걸로 알고 30년을 살았어. 그들에게는 희미한 기억이지만, 나에게는 생생한 현실이었지. 그때 넌 매일 밤 악몽에 시달렸어. 겁에 질린 나머지 잠드는 것조차 힘들어 했지. 새출발을 해야만 했어. 나쁜 기억과 아픔을 과감히 끊어 내야만 했어. 그래서 한국을 떠나 미국으로 온 거야. 나는 젊고 똑똑했고, 영어도 제법 잘했어. 이곳에서 자리 잡을 수 있게 어머니가 돈도 좀 챙겨 주셨고. 나는 현숙에서 유진으로 이름까지 바꿨어. 그리고 너를 평범한 아이로 키우겠다고 다짐했어. 과거에 연연하는 건 그걸로 끝. 다시는 과거로 여행하지 않았고, 네가 그걸 물려받는 것도 싫었어. 과거로 가 보면 좋을 게 뭐가 있다고. 과거는 이제 고통스러운 기억일 뿐이야. 나는 너를 데리고 모든 기억을 한국에 두고 여기로 왔어. 너는 사고 이후로 그때의 기억을 잃어버렸고, 나는 그 일을 두 번 다시 입에 올리지 않았는데……."

엄마가 긴 한숨을 내뱉었다.

"문제는 할머니가 나타나리란 걸 예상하지 못했다는 거야."

할머니는 지금의 이 상황에 아무런 문제도 없다는 듯 남은 호떡을 맛있게 먹고 있었다.

마야는 지금 세 사람의 관계까지 생각해 볼 여유가 없었다. 엄마의 딸이자 할머니의 손녀라는 익숙한 역할에 머물고 싶었다. 하지만 그건 진실이 아니다. 이젠 모든 게 달라졌다. 과거에서 본 현숙이 엄마라면, 그것이 의미하는 바는 단 하나다. 마야가 말했다.

"할머니는 엄마네요. 엄마가 할머니고요."

엄마가 고개를 끄덕이며 중얼거리듯 답했다.

"맞아."

마야의 머릿속은 흩어진 점들을 하나로 잇느라 바빴다. 과거 속 현숙, 아니 엄마가 그토록 유쾌하고 활달했다가 어떻게 지금의 차갑고 거리감이 느껴지는 엄마가 되었을까? 또 어떻게 그런 엄마가 다시 다정하고 장난기 넘치는 미래의 할머니로 바뀌었을까? 열차 안에서의 그 끔찍했던 순간을 맴돌던 마야의 생각이 다시 고속도로에서의 그 순간으로 서서히 가닿았다. 아무렴. 그런 일을 겪었다면야.

"할머니."

마야는 모든 것을 알고 난 지금도 다른 호칭으로 할머니를 부르는 게 상상이 되질 않았다.

"여긴 어떻게 오셨어요? 왜 돌아오신 거예요?"

할머니가 흘러내린 마야의 머리칼을 귀 뒤로 넘겨 주며 말했다.

"이건 운명이야. 우리의 인연. 이 모든 일은 내가 겪었던 일이야. 젊었을 땐 내가 바로 저 자리에 앉아 있었지."

할머니가 엄마를 손짓하며 말을 이었다.

"그러니 이건 원래 이렇게 되어야만 하는 일이야. 나는 내 과거를 바꾸러 온 게 아니야. 이게 바로 내 과거야."

마야가 물었다.

"그게 무슨 말씀이세요?"

"미래가 달라지지 않게 하려면 내가 해야 할 일을 하러 돌아올 수밖에 없었단 얘기야."

"뭐가 뭔지 이해가 안 돼요."

할머니가 마야의 손을 토닥이며 몸을 일으켰다.

"걱정 말거라. 시간이 지나면 다 이해되기 마련이지."

할머니가 콧노래를 부르며 빈 접시를 싱크대로 가져갔다. 할머니를 지켜보는 엄마의 미간 주름이 더욱 깊어졌다.

마야는 매일 같이 자신의 미래를 마주 본다는 게 얼마나 가혹한 일일지 상상조차 할 수 없었다. 나이 들어가며 서서히 정신이 흐트러지는 미래의 자신을 지켜봐야 한다니. 엄마가 할머니를 향해 뿜어내는 적개심의 밑바탕이 무엇이었는지 조금은 이해할 수 있었다. 엄마는 자신의 미래를 보길 원한 적이 없었다.

"아, 엄마. 정말 안타까워요."

머릿속에서 미래의 자신을 지워 버리려는 사람처럼 엄마가 도리질을 치고는 벌떡 일어나 행주로 조리대를 닦았다.

"안타까울 거 하나 없어. 살다 보면 앞뒤가 맞지 않는 일이 허다해. 그게 인생이지. 참 잔인한 게 시간이고. 그러니 속상해할 필요 없어. 내가 겪어야 할 몫을 다 겪은 줄 알았는데, 그게 아니었네."

할머니가 접시를 닦으며 엄마에게 말했다.

"내가 맨날 마야한테 하는 말이 바로 그거다."

엄마가 마야에게 말했다.

"할머니가 너한테 시간 여행하는 법을 가르칠 줄은 꿈에도 몰랐어. 할머니가 곧 나니까, 내 생각과 같을 거라고만 여겼지."

할머니가 어깨 너머로 다시 한번 목소리를 높였다.

"같고말고. 지금은 아닌 것 같아도 그게 잘하는 일이야."

할머니가 끼어들건 말건 엄마는 말을 이었다.

"그런데 지금의 내가 30년 전, 지극한 슬픔도 실망도 몰랐던 그 사람과는 같지 않은 것처럼, 보아하니 30년 후의 사람과도 같지는 않은 것 같구나."

할머니가 코웃음을 쳤다.

"고것 참 다행이군."

엄마가 한숨을 쉬며 싱크대 앞에 선 할머니에게 다가가더니 의자로 가서 앉으라며 살살 밀었다. 마야는 두 사람 옆에 서서 행주로 접시를 닦으며 말했다.

"하지만 엄마, 난 할머니가 가르쳐 주셔서 얼마나 좋은지 몰라요. 이제라도 엄마와 아빠에 대한 진실을 알게 돼서 다행이에요. 엄마가 좀 더 빨리 말해 줬더라면 좋았을 텐데. 항상 제 삶의 무언가가 빠지고 없는 것 같은 느낌이었거든요. 그런데 이제 어느 면에선 다시 아빠를 되찾은 셈이잖아요. 아빠가 누군지도 알고. 아빠는 이제 제 인생의 텅 빈 구멍이 아니에요."

엄마가 마야를 보고 희미하게 웃음 지었다. 그러고는 마야를 끌어안고 이마에 입을 맞추었다.

"그러게. 진작 다 말해 줄걸. 네가 이렇게 의젓할 줄은 몰랐어. 엄마 마음이 놓여."

제프 구하기

몇 시간 뒤, 마야는 블라인드 사이로 비치는 햇살에 힘겹게 눈을 떴다. 피곤이 덜 풀려서 온몸이 나른했다. 엄마는 어느새 기즈모 밥을 챙겨 주고, 마야 대신 기즈모 산책까지 마친 뒤였다. 산책을 다녀온 기즈모는 마야의 침대로 돌아와 이불 좀 들어 보라며 앞발로 마야를 툭툭 치면서 다시 잠잘 준비를 했다. 마야도 한잠 더 자고 싶었지만, 막상 눈을 뜨고 나니 다시 잠들기는 쉽지 않았다. 마지막 여행의 기억들이 한꺼번에 덮쳤기 때문이었다. 마침내 아빠를 찾았지만, 결국 또다시 아빠를 잃고 말았다. 하지만 그게 끝일 필요는 없다. 마야는 아빠를 되찾을 것이고, 마야에게는 충분한 시간이 있다. 물론 열차 사고 순간으로 돌아갈 마음은 없다. 그때가 아니라도 마야가 가 보고 싶은 순간은 많고 많으니까. 마야는 엄마와 아빠를 다시 알아 가게 될 것이다.

마야는 옷을 갈아입고 아래층 부엌으로 갔다. 엄마는 가운 차림으로 하품을 하며 커피를 따르고 있었다.

"지금 몇 잔째예요?"

"묻지 마."

답은 그렇게 했어도 얼굴에 웃음을 띠고 있었다. 오래전 여름 끝자락 팥빙수를 먹던 오후의 할머니, 아니, 엄마와 닮았달까. 마야는 마음 한구석이 간질거려 참을 수가 없었다.

"엄마. 어떤 일이 운명 지어진 건지, 바뀔 수 있는 건지 어떻게 알아요? 이를테면 아빠 일 같은 거 말이에요."

엄마가 조리대에 몸을 기댔다.

"좋은 질문이야. 사실 엄마도 아직 그 답은 몰라. 한국에 가서 할머니, 그러니까 네 진짜 할머니께 여쭤보면 답해 주시려나. 연세도 많으신 데다 기력도 달리시지만, 우리의 능력에 대해선 나보다 훨씬 더 아는 게 많으셔. 엄마는 아직도 모르는 게 많아. 내가 아는 거라곤 네 아빠를 구하려고 무수히 노력했지만, 단 한 번도 성공하지 못했다는 거. 두어 번 시간의 장벽을 뚫는 데 성공했지만, 과거의 나에게 경고할 정도로 접근할 수는 없었어. 별짓 다해 봤지만, 번번이 가로막히고 말았지."

과거를 바꾸기 위해 할 수 있는 건 아무것도 없다. 아빠를 구할 수도 없다. 엄마는 그날 우리가 미래로 이동하는 것도 막을 수 없었다. 하지만 혹시, 제프라면? 제프는 정말 죽을 운명이었을까? 비행기 사고자 명단에 제프의 이름이 있었지만, 만약 그 명단이 틀렸다면? 어쩌면 제프는 그 비행기에 타지 않았을 수도 있다. 세상 모두가 마야 가족이 열차 사고로 사망했다고 알고 있지만, 그건 사실이 아니다. 마야와 엄마는 이렇게 살아 있으니까.

마야는 아빠의 열차 사고는 막지 못해도 어쩌면 제프의 비행기 사고는 막을 수 있지 않을까 생각했다. 어쩌면 제프를 구할 운명이 아닐까. 제프에게 그 비행기에 발을 들이지 못하게 경고할 수 있다면 사고를 막을 수 있을지도 모른다. 문득 좋은 생각이 떠올랐다.

'할머니가 과거 속으로 들어와서 할머니의 진짜 현재를 지키기 위해 꼭 해야만 하는 일을 하고 있다면, 나라고 못 하란 법이 있을까?'

애초부터 마야는 제프의 과거로 들어가 제프를 구하기로 정해진 사람일지 모른다. 어쩌면 이미 해낸 일일 수도 있다. 세상에는 운명처럼 정해진 일이 있다고, 할머니가 입버릇처럼 말했듯이. 엄마는 아빠를 구하려고 수없이 노력했다. 제프를 위해 한 번쯤은 시도해 볼 수 있는 일이다. 마야는 마지막 여행에서 엄마와 겪었던 일을 곱씹고만 있을 시간이 없었다. 그건 나중에 더 생각해 볼 수도 있는 일이니까. 당장은 제프를 구하는 게 우선이었다.

"엄마. 지금부터 제가 하는 말이 황당하게 들릴 거 아는데요. 나중에 제가 다 설명할게요. 전 지금 당장 김밥이 필요해요!"

여전히 좀 멍하고 피곤한 얼굴로 엄마가 천천히 마야에게로 눈을 돌렸다.

"김밥?"

"만들면서 얘기할게요. 그런데 지금 김밥이 꼭 있어야 돼요. 할머니하고 같이 만들어 둔 김밥이 다 먹고 없나 봐요. 빈대떡이나 미역국도 괜찮긴 한데, 다른 장소보다 소풍날 더 많이 만났거든요. 그게 어떤 차이가 있는지는 모르겠지만요. 제프가 자기를 찾으려면 소풍날로 오라고 그랬기도 하고요."

일주일 전의 엄마였다면 뭔가 해 보려는 마야에게 시시콜콜 설명을 요구했을 것이다. 그런데 이제 두 사람 사이는 달라져 있었다. 엄마는 고개를 한 번 끄덕이고는 곧바로 냉장고로 향했다.

할머니와 김밥을 말 때만 해도 흥미로우면서도 정성스럽게 느껴졌던 준비 단계가 지금은 내달려서 끝내야 하는 일처럼 느껴졌다. 엄마가 소고기와 달걀을 준비하는 사이 마야는 당근과

단무지를 가늘게 자르고, 시금치를 무쳤다. 그러면서 엄마에게 그동안의 일을 다 말했다. 제프를 처음 만난 날, 과수원, 제프가 가르쳐 준 것들, 제프가 숨기고 있던 비밀, 그리고 제프 앞에 놓인 끔찍한 운명. 마지막으로 모든 것을 바꾸기 위한 자신의 계획까지. 엄마가 첫 번째 김밥을 눌러 말던 손을 멈추고 말했다.

"마야, 과거를 바꿀 수 없다는 거 알잖아. 그건 이미 일어난 일이야. 그때 그 애가 죽었다면 네가 할 수 있는 일은 아무것도 없어. 네 아빠를 찾으려고 내가 얼마나 노력했는지 알잖아."

마야는 고개를 내젓고는 엄마에게서 말다 만 김밥을 건네받아 마저 말았다.

"하지만 그건 엄마도 모르는 거잖아요. 원래는 미래로 이동할 수 없다고 알고 있었지만, 우리는 미래로 왔어요. 원래는 과거에 개입할 수 없다고 엄마는 알았지만, 할머니, 아니 미래의 엄마는 이렇게 와 있잖아요. 우리가 하나부터 열까지 다 아는 건 아닌 거 같아요. 지금 우리가 아는 사실 너머 다른 가능성, 다른 규칙이 있을 수도 있잖아요. 지금 이건 제게 운명처럼 특별한 일이 될 수도 있다고요. 그러니 시도라도 해 봐야죠."

마야가 옆에 놓인 부엌칼을 집어 빠르게 김밥을 썰었다. 김밥이 참기름을 바르지 않은 칼에 달라붙어 들쭉날쭉하게 잘렸다. 엄마는 잠시 생각하더니, 김밥 하나를 집어 마야에게 내밀었다.

"엄마는 이해해. 다녀와."

마야가 펄쩍 뛰어 엄마를 껴안았다. 그러고는 허겁지겁 가방을 챙긴 뒤 김밥을 입에 넣고 눈을 감았다.

다시 시간의 과수원

마야는 웃고 수다 떠는 여학생들 옆을 내달려 애타게 제프를 찾았다.

"제프! 어딨어? 지금 당장 여기로 와야 해!"

대답이 없었다. 마야는 처음 이곳에 왔을 때 제프를 보았던 왕릉 옆 나무들 사이를 달렸다. 우스꽝스러운 우산 모자를 쓰고 제프를 놀라게 했던 큰 언덕도 올랐다.

"제프, 중요한 일이야! 우리 만나야 돼! 제발!"

마야는 목이 쉬도록 외치고 또 외쳤다. 결국 마야는 기진맥진해서 바닥에 주저앉았다. 너무 늦었을까? 무의미한 시간 낭비인 걸까? 마야는 제프의 현재, 제프가 실제로 살고 있다는 그 시간대에 대해 아는 게 전혀 없었다. 만약 그게 1990년이라면, 그리고 마야와 마지막으로 만난 이후 제프가 그 비운의 플로리다행 비행기에 탔다면? 제프는 죽은 걸까? 여기에 없으니 그곳에도 없는 걸까.

마야는 허리를 곧게 펴고 앉았다. 절망의 무게에 짓눌려 있던 생각이 조금씩 다른 방향으로 움직였다. 제프는 어딘가에 있어야 마땅하다. 여기가 아니라면 다른 순간, 다른 시간대, 다른 차원에라도.

마야는 천천히 일어나 눈을 감았다. 자신은 지금 예전에 제프가 조언한 대로, 본능이 시키는 대로 따라가고 있다. 부디 그 본능이 옳은 길로 안내해 주기를 바랐다. 마야는 크게 숨을 들이마시고 시간의 과수원을 떠올렸다. 사방으로 나무뿌리가 뻗은 울퉁불퉁한 땅, 좌우로 끝없이 이어진 나무 울타리, 저마다 높고 빛나는 나무들, 그 사이로 퍼져 나가던 짙은 안개, 한밤중 하늘에 총총한 별 대신 반짝이는 나뭇가지들과 춤추는 잎사귀들, 보석 같은 감들. 마야의 호흡이 깊어지는 순간, 소풍을 즐기는 여학생들의 소리가 차츰 멀어졌다.

마야는 눈을 떴다. 초점이 맞지 않은 카메라처럼 세상이 흐릿하고 뿌옇게 보였다. 바로 눈앞만이 예리하게 반짝이며 눈길을 끌었다. 마야는 앞으로 한 발을 내디뎌 반짝이는 공간 속으로 몸을 움직이면서 "과수원" 하고 중얼거렸다. 바로 그 첫발과 동시에 깊은 구렁 속으로 떨어졌다. 마야는 정신이 흐트러지거나 방향 감각을 잃는 일이 없도록 다시 한번 집중하며 쉬지 않고 되뇌었다.

"과수원. 과수원. 과수원."

허공을 더듬던 마야의 발이 울퉁불퉁한 땅에 닿았다. 오싹할 만큼 강렬한 흥분이 온몸을 관통했고, 마야는 전속력으로 달리기 시작했다.

"제프. 제프의 나무를 찾아야 해."

마침내 과수원 문 앞에 다다랐을 때, 마야는 문살 사이로 나무들을 살피며 시간 여행이 가능한 사람만의 특징인 휘어진 나무를 찾았다. 하지만 하나같이 곧게 뻗은 키 큰 나무뿐이었다.

마야는 있는 힘껏 문에 몸을 부딪쳤다. 그 충격에 나무 기둥들이 거칠게 흔들렸다. 마야는 손마디가 빨개지고 손바닥이 쓰라리도록 문을 두드리고 또 두드렸다. 나무를 타고 퍼진 진동이 어지럽고 거친 소리를 만들었다. 그 소리를 뚫고 마야는 외치고 또 외쳤다.

"들어가게 해 줘요! 마야예요! 도와주세요!"

마침내 서서히 문이 열렸다. 두 다리는 힘없이 떨렸지만, 마야는 눈에 익은 나무를 찾아 있는 힘껏 과수원을 내달렸다. 이따금 줄기가 휘어진 나무를 보았지만, 제프의 나무가 아니었다. 얼마나 멀리 달릴 수 있을까? 얼마나 더 오래 달릴 수 있을까? 이러다 제프 나무를 찾지 못하면? 의심이 밀려올 때마다 스스로를 다그치며 달리고 또 달렸다. 그리고 드디어 눈에 익은 나무를 발견하고는 미끄러지듯 멈춰 섰다.

비틀린 나무줄기에 손을 가져다 댄 순간 팔을 타고 찌릿한 느낌이 전해졌다. 그런데 이건 제프 나무가 아니었다. 바로 자신의 나무였다. 마야는 고개를 들고 위를 올려다보았다. 이번에는 보석처럼 예쁜 열매보다는 나무 자체에 집중했다. 비틀린 줄기, 거칠거칠한 껍질, 옹이 진 가지들. 전에는 나무에서 뿜어내는 밝은 빛에만 눈이 멀어 미처 보지 못했던 모습들이었다. 그때 잎사귀 하나가 마야의 머리에 살며시 내려앉았다가 바로 옆 나무로 옮겨 갔다. 위를 올려다보니 무수히 많은 잎이 옆에 선 나무로 날아가고 있었다. 마야는 그 나무를 유심히 살폈다. 줄기가 마치 춤을 추듯 비틀리고 갈라져 있었고, 나뭇가지 중에는 마야 나무의 가지들과 뒤엉킨 것도 있었다. 마야는 그 나무의 주인을 알 것 같았다. 나무줄기에 손을 가져다 대고 속삭였다.

"제프?"

이어서 더 큰 소리로 "제프!" 하고 불렀다. 어떻게 했더라? 마야는 마지막에 이곳을 찾았을 때의 기억을 자세히 떠올리려고 애를 썼다. 눈을 감고 손바닥으로 나무둥치를 지긋이 눌러 보았다. 팔을 타고 간질거리는 느낌이 전해져 왔다.

"제발. 제프를 찾아야 해. 제프에게 경고해 줘야 해. 제프를 살려야 해."

원하고, 바라고, 애원하며 그곳에 얼마나 서 있었을까. 머리 위에서 잎들이 살랑이는 소리가 희미하게 들리기 시작했다. 마야는 눈을 뜨고 고개를 들었다. 마야의 나무와 엉켜 있던 나뭇가지 하나가 천천히 그 팔을 풀더니 마야 쪽으로 고개를 숙였다. 가지에 달린 열매는 감이 아닌 복숭아였다. 완벽하게 반짝이는 복숭아 하나. 마야는 가지가 행여 가 버릴까 봐, 나무에서 손을 떼지 않은 채 다른 손으로 복숭아를 잡았다. 빛이 뿜어져 나왔고, 안에서 연기가 빙글빙글 춤을 추었다. 빠르게 달리는 주자들 옆에서 환호하는 사람들을 마야는 간신히 알아볼 수 있었다. 마야가 주문처럼 말했다.

"나를 데려다줘."

못다 한 경고

마야의 귀로 요란한 응원 소리와 함성 소리가 쏟아져 들어오는가 싶더니 동시에 끈적끈적하고 습한 열기가 온몸을 내리눌렀다. 아스팔트 위로 떨어진 마야가 빽빽하게 늘어선 사람들에게서 비틀비틀 물러났다. 고개를 들어 보니 경주가 벌어지는 현장의 한가운데였다. 막 몸을 일으키려는 찰나, 누군가 마야에게로 쏜살같이 달려왔고, 둘은 충돌하며 함께 나동그라졌다. 마야의 가방이 허공을 날아 상대방의 얼굴을 때렸다.

몸을 구르며 일어난 마야는 헉 하고 숨을 삼켰다. 해냈다! 마야는 단순한 관찰자가 아니라 실제로 과거 속 사람이 되어 있었다. 안도의 웃음이 터져 나왔지만, 익숙한 얼굴을 발견하자 곧바로 웃음을 그쳤다. 마야는 다짜고짜 제프의 튀어나온 양쪽 귀를 붙잡아 얼굴을 제 쪽으로 확 돌렸다.

"제프!"

"아야, 아야, 아야! 뭐 하는 짓이야? 안 놔!"

제프가 마야의 손을 떼어 내며 몸을 뒤로 젖혔다.

"너 누구야? 여기서 뭐 하는 건데? 선수들이 지나가게 비켜 줘야지!"

마야의 얼굴에서 웃음기가 사라졌다.

"나 몰라? 나야, 마야."

제프가 눈을 가늘게 뜨고 마야를 쳐다보았다.

"착각하나 본데, 난 널 몰라. 부탁인데 이제 그만 비켜 줄래?"

"아니. 난 너 알아. 너 제프 정이잖아. 너는 나처럼 과거의 기억으로 들어갈 수 있어. 그 기억 중 하나에서 우리 만났잖아. 우리 증조할아버지 잔칫날에. 실제로는 할머니가 아니라 엄마고, 증조할아버지가 아니라 할아버지긴 했지만. 뭐 그건 됐고."

제프가 얼굴을 찌푸렸다.

"지금 대체 무슨 말을 하는 거야?"

"몇 년도야? 여기 지금?"

"지금? 1989년."

마야는 제프가 자신을 모르는 게 이해되었다. 그동안 만났던 제프가 1990년도에서 온 제프라면, 둘은 아직 만난 적이 없는 거다. 그 말은 곧 지금 여기 있는 제프는 마야가 아는 제프보다 한 살 어리다는 소리였다.

제프는 일어서려다가 얼굴을 찡그리며 도로 주저앉았다.

"왜 그래?"

"일어날 수가 없어. 무릎이 나갔나 봐."

마야는 다리를 움켜잡는 제프를 빤히 쳐다보았다. 제프의 부상. 제프가 달리기 하다가 부딪쳤다는 그사람! 두 손으로 입을 가리며 마야가 폭소를 터뜨렸다. 제프가 인상을 썼다.

"넌 지금 이게 우스워? 오늘 이 대회를 목표로 내가 몇 달을 훈련했는데!"

"아니, 아니. 그게 아니라 지금이 바로 그때라고! 네 무릎, 네가 전에 당했다던 그 부상. 그게 나 때문이었어! 이건 일어날 수밖에 없는 일이라는 소리야. 이미 일어난 일이라고! 일어나도록 운명지어진 일. 우린 인연이야! 우리 할머니, 아니 우리 엄마 말처럼 말이야. 난 너하고 옷깃이 스치고 있는 거야. 이건 운명이야!"

"뭐?"

제프가 어리둥절한 채 마야를 바라보았다. 마야는 말을 멈추고 또다시 방정맞게 터져 나오려는 웃음을 참으며 크게 숨을 들이마셨다.

"미안. 무슨 이런 정신 나간 애가 있나 하겠다. 자, 내가 도와줄게."

넘어진 제프의 손을 잡아 일으킨 순간, 마야는 자신을 현재로 데려가려는 미세한 끌림을 느꼈다. 오늘 아침 엄마와 부엌에서 요리하던 장면이 반짝 눈앞을 스치는가 싶더니, 갑자기 앞이 캄캄해졌다. 마야는 비틀거렸고, 그 바람에 둘은 또 한 번 넘어질 뻔했다. 정신을 집중한 마야는 균형을 잡으며 절뚝이는 제프를 부축해 길가 벤치에 앉혔다. 그러고는 설명을 시작했다.

"잘 들어. 앞으로 일 년 좀 안 되는 어느 날, 네가 우리 할아버지 생신 잔칫날에 나를 찾으러 올 거야. 우리는 그날로 시간을 거슬러 가서 만나게 돼. 내가 널 처음 만난 게 그날이야. 만나자마자 넌 날 약 올릴 거고. 넌 놀리고 장난치기 대장이잖아. 근데 걱정 마. 시간이 지나면서 나는 널 괜찮은 사람이라고 생각하게 되니까."

제프가 끼어들려고 했지만, 마야는 허락하지 않았다. 여기에 얼마나 더 머물 수 있을지 몰랐다. 벌써부터 시간 여행의 여파로 머리가 아파왔고, 제프가 있는 이곳에 남아 있기 위해 줄곧 온 정신을 쏟아야 했다. 마야가 사는 시간대의 순간들이 제프와 함께 한 순간들과 뒤섞여 빠르게 눈앞을 스치고 지나갔다.

"이 시점에서 네가 알고 있는 사실이 얼마나 되는지는 모르겠지만, 넌 대단한 일들을 해내는 능력이 있어. 믿기 어렵겠지만, 과수원에서 우리와 같은 능력을 가진 사람들을 찾아내기도 하고, 그들의 나무를 통해 서로 다른 시간과 차원을 넘나들며 이동할 수 있는 능력도 갖게 돼. 네가 나를 찾은 것도 그 덕분이고. 내 나무가 바로 네 나무 옆이야. 이건 인연이야!"

무언가 자신을 당기는 느낌에 마야는 제프의 팔을 꽉 붙잡았다. 제프에게서 떨어지지 않으려고 안간힘을 썼다.

"게다가 그게 전부가 아니야. 너는 다른 시간대로 뛰어들어 그곳에서 존재하기도 해. 관찰자를 넘어 진짜로 거기에 존재할 수 있다는 말이야. 진짜 시간 여행자인 셈이지. 일시적이 아니라 영구적으로. 엄마가 나를 데리고 미래의 시간에 존재하게 된 것처럼. 엄마와 나는 30년 후 미래로 이동했어."

"30년 후 미래라고? 무슨 말인지 모르겠어. 왜 지금 나한테 이런 이야기를 하는 건데?"

"내 말 꼭 기억해! 지금부터 일 년쯤 지나서 지금 내가 한 말을 잊고, 그 비행기에서 다른 시간대로 뛰어들지 않는다면, 넌 죽어."

놀란 제프가 마야를 밀어냈다.

"난 네가 누군지도 모르고, 무슨 말을 하는지도 모르겠어."

마야는 제프를 붙잡으려고 안간힘을 썼다.

"제프, 잠깐만! 아직 할 말 남았어! 내 말 새겨들어야 돼! 나를 믿어야 해!"

하지만 마야는 순식간에 과수원으로 끌려왔고, 나무들을 지나 결국 집으로 돌아왔다. 제프에게 사고 날짜를 말하지 못한 채였다.

"마야?"

엄마의 따뜻한 팔이 마야를 감싸안았고, 마야는 그 품에 몸을 기댔다. 그토록 노력했건만 제프에게 경고의 말을 끝까지 전하지 못했다. 제프가 자신의 말을 믿었는지조차 확신할 수가 없었다. 엄마가 걱정스럽게 물었다.

"어떻게 됐어?"

마야가 엄마의 셔츠에 얼굴을 묻은 채 웅얼거렸다.

"제프는 소풍날에 없었어요. 내가 너무 늦었어요. 그래서 과수원으로 가서 제프 나무를 찾아냈어요. 나무를 통해 제프를 만났고, 제프한테, 아니 거기서 만난 제프에게 말했어요."

엄마가 마야의 등을 토닥여 주었다. 마야가 말을 이었다.

"오늘 만난 제프는 우리가 처음 만나기 일 년 전의 제프였어요. 그런데 그 제프는 나를 알지도 못하고, 내 말을 믿지도 않았어요. 내가 자기 미래에 대해 경고하기 시작하니까 나를 밀어냈어요."

마야는 안겨 있던 몸을 빼며 주먹을 불끈 쥐었다.

"여기서 멈추지 않을 거예요. 다시 해 볼래요. 제프를 찾아서 계속 말해 줄래요. 정확한 날짜와 항공편을 말해 줄 거예요."

마야는 김밥이 수북한 접시를 손에 쥐고 김밥을 하나씩 입속에 쑤셔 넣었다. 두 손이 바들바들 떨렸다. 바로 전 여행에서 힘이 다 빠진 탓에 한참이나 숨을 돌린 후에야 어지럼증이 조금 진정되었다. 엄마가 따뜻한 목소리로 마야를 달랬다.

"마야. 그 애가 네 말을 믿지 않고, 또 네가 그 애한테 전부 말 못한 데는 다 이유가 있어. 그건 이미 일어난 일이니까, 네가 바꿀 수 없는 거야. 내가 네 아빠를 구하려 할 때마다 겪었던 일과 다를 게 없다는 소리야."

"그럼 할머니는 어떻게 설명하실래요?"

"알아. 그렇지만, 아, 엄마도 잘 모르겠어, 마야. 나도 다 알지는 못해. 어쩌면 할머니는 과거를 바꾸기 위해 돌아온 게 아니라서 그런 게 아닐까. 할머니는 당신이 기억하는 과거가 변하지 않도록 지키려는 것뿐이니까."

마야의 얼굴이 붉게 달아올랐다.

"그럼 이게 다 무슨 의미가 있어요? 우리한테 이런 능력이 있는 이유가 뭐냐고요? 그냥 옛 기억을 들여다보고 그때를 살고 또 살고 하려고요? 그런 바보 같은 짓이 어딨어요! 그건 시간 낭비예요! 그 능력을 내가 아끼는 사람을 구하는 데 쓰지 못한다면 이게 다 무슨 소용이 있어요?"

엄마가 안타까운 얼굴로 마야를 쳐다보았다. 마야는 화를 내면서도 엄마가 자신의 능력을 외면하려 했던 이유를 이해할 수 있을 것 같았다. 과거에 집착하면 좋을 게 없었다. 과거의 실수에 사로잡혀 살기가 너무 쉬웠다. 자신이 실제로 살아야만 하는 현재의 삶을 놓쳐 버리기가 너무 쉬웠다.

"그럼 이게 끝인 건가요? 제프를 구하기 위해 내가 할 수 있는 건 이제 없는 거예요?"

"미안해, 마야. 그런 방법은 없는 것 같구나."

"난 이거 싫어요! 바보 같고 쓸모없는 능력 따위, 다 싫다고요. 엄마가 왜 시간 여행을 그만뒀는지 이제 알겠어요. 애초에 시간 여행 같은 건 가지 말걸. 두 번 다시 안 갈 거예요!"

마야는 진심이었다. 이때만큼은 그랬다.

모두의 호떡

· 마야의 구체적인 계량법을 더함! ·

미지근한 물 1컵 / 인스턴트 이스트 2작은술 / 소금 1/2작은술 / 백설탕 2큰술
식용유 1큰술+팬에 두르는 식용유 / 밀가루 2컵+손에 묻힐 밀가루
흑설탕 눌러 담아 1/2컵 / 계핏가루 1작은술 / 잘게 다진 견과류 2큰술

1. 미지근한 물, 이스트, 소금, 백설탕, 식용유를 넣고, 밀가루를 조금씩 넣으며 잘 섞는다.
2. 뚜껑을 덮고 반죽이 부풀도록 둔다. 한 시간 뒤 반죽을 저어 가며 기포를 빼 준다.
3. 다시 뚜껑을 덮고 20분 더 발효시킨다. 그동안 작은 그릇에 흑설탕과 계핏가루, 견과류를 모두 넣고 섞는다.
4. 도마나 다른 평평한 바닥에 밀가루를 넉넉히 뿌린다. 반죽에 밀가루가 고루 묻도록 가볍게 주무른다.
5. 반죽을 8등분한다. 그중 하나를 살짝 눌러 납작하게 만든 뒤, 중앙에 소를 소량 넣는다. 가장자리를 가운데 쪽으로 모아 봉한다. 남은 반죽도 같은 방식으로 만든다.
6. 중불에서 팬에 기름을 살짝 두른다. 봉한 부분이 아래로 가도록 올리고, 바닥이 노릇해질 때까지 익힌다. 뒤집은 뒤 가볍게 눌러 동그랗고 납작한 모양으로 만든다. 1분 정도 익힌다. 다시 반죽을 뒤집고 누른다. 약불에서 뚜껑을 덮고 1~2분 더 익힌다.

10

크리스마스 이브

일상으로

엄마와 할머니는 마야가 슬픔을 추스를 수 있도록 시간을 주었다. 감과 오렌지를 접시에 담아 가져다주고, 곁에 앉아 마야의 이야기를 조용히 들어 주었다. 사랑과 관심을 숨기지 않고 건네며, 마야의 마음이 조금씩 가라앉기를 기다렸다.

그렇게 며칠이 흐르고 어느 날 점심을 먹은 뒤였다. 엄마가 갓 구운 코코넛 케이크를 식탁에 올리고 조각을 나누기 시작했다. 그 모습을 바라보던 마야가 엄마에게 물었다.

"무슨 날이에요?"

"우리 삶이 새로운 시기로 접어들고 있잖아. 이제 우리 집에 비밀이란 없어. 서로 모든 걸 알고, 과거의 진실도 모두 알고. 또 앞으로도 서로에게 감추는 거 없이 마음의 문을 활짝 열 거야. 마야, 나는 네가 제프 이야기도 편하게 하고, 아빠 이야기도 맘 편히 물었으면 좋겠어."

할머니가 케이크를 먹으며 방긋 웃었다.

"지금껏 이 순간을 얼마나 기다렸는지."

마야가 할머니에게 물었다.

"어떤 순간이요?"

"이 순간. 우리가 하나가 되고 오손도손한 가족이 되는 순간."

엄마가 되물었다.

"오손도손?"

할머니가 말을 이었다.

"그동안 여러모로 혼란스러웠다는 거 안다. 내가 널 힘들게 했다는 것도 알고. 늙어 버린 자신이 실수하는 모습을 지켜본다는 건 고통스러운 일이지. 하지만 나 역시 젊은 나를 붙잡고 흔들어 주고 싶을 때도 있었어. 지금 무슨 일이 벌어지고 있나 똑똑히 좀 보라고 말이야. 허나 그건 좋은 방법이 아니야. 너 스스로 깨달음에 이르고, 결정을 내려야만 해."

엄마는 할머니에게서 얼굴을 돌린 채 고개만 끄덕였다. 마야는 무뚝뚝하고 냉정한 엄마가 따스하고 마음이 열린 할머니로 바뀌는 변화의 시작을 보고 있는 것 같았다. 엄마가 말했다.

"나 역시 당신을 힘들게 했어요. 나도 미안하다는 말이에요. 내가 차갑고 어려운 사람이라는 거 알아요. 난 당신을 상대하는 게 싫었던 것뿐이에요. 나의 미래인 당신을."

그날 오후는 포옹과 눈물로 마무리되었다. 울기는 했어도 그렇게 기분 좋기는 참 오랜만이었다.

그리고 다시 일상으로 되돌아왔다. 조금이나마.

과거와 시간 여행에 연연하며 살지 않겠다는 새로운 다짐과 함께, 마야는 학교 프로젝트용 삽화 작업에 몰두했다. 마야가 자기 팀을 망친 주범이나 다름없다며 내내 꽁해 있던 이지와 엠마도 마야가 완성한 훌륭한 삽화 앞에서는 마음을 풀었다. 지난 몇 달간 시간 여행을 하며 그림을 그리다 보니 마야의 그림 실력은 한층 발전해 있었다. 요즘은 이지와 엠마와 같이 다니는 시간이 늘었는데, 자다가 엠마와 사귀고부터는 더더욱 그랬다. 프로젝트를 끝낸 지금은 이지 때문에 짜증 나는 일도 없었다. 알고 보니 이지는 공부 스트레스만 없으면 아주 재밌는 친구였다.

학교에 다니고, 친구들과 시간을 보내느라 바쁜 나머지, 시간 여행 생각을 할 겨를도 없이 몇 주가 흘렀다. 엄마도 할머니도 제프 이야기를 더는 묻지 않았지만, 큰 도시락통에 김밥은 꾸준히 채워 두었다. 어느 날에 마야는 두 사람이 무슨 생각을 하고 있는지 깨닫고는, 화가 치밀어 김밥을 모조리 쓰레기통에 던져 버렸다. 하지만 그 이튿날에도 도시락통은 어김없이 김밥으로 채워져 있었다. 언제 만든 건지도 알 수 없었다.

요즘 들어 엄마는 요리에 관심이 되살아났다. 더는 저녁으로 피자나 포장 음식을 사 먹는 일도 없었다. 마야는 저녁마다 한식으로 차려진 집밥 냄새에 이끌려 저도 모르게 부엌으로 향했다. 어느 날 저녁은 고등어구이와 매콤한 김치찌개, 또 어떤 날은 전복죽이었다. 엄마가 칼국수 만드는 법을 기억해 내기까지는 몇 번의 시도가 필요했다. 결국 엄마는 할머니가 준 힌트에 힘입어 맛있는 칼국수를 끓일 수 있었다.

"아니야, 그렇게 하면 안 돼. 그이는 더 두꺼운 면을 좋아해."

할머니는 칼국수가 아빠가 가장 잘 먹는 음식 중 하나라며 잔소리를 보탰다.

마야는 다시 요리에서 즐거움을 찾은 엄마를 보니 기뻤고, 틈날 때마다 옆에서 거들었다. 시간 여행 와중에 일기장을 잃어버린 걸 알고 낙심했지만, 엄마가 새로 사 준 덕분에 엄마와 할머니가 알려 준 조리법을 빠짐없이 적어 둘 수 있었다.

어떤 때는 자다가 놀러 와 요리할 때 끼기도 했다. 엄마는 가족이 아닌 아이가 이 비밀을 알게 됐다는 사실에 처음엔 놀라고 걱정했다. 그러나 자다는 가족이나 다름없는 사이라 결국 마음을 열었다. 게다가 자다는 한국 음식과 문화를 더 많이 알아 가는 걸 아주 재밌어했다. 그래서 마야가 지금까지 적어 둔 요리법을 모아 한 권의 책으로 만드는 걸 도와주기도 했다.

엄마는 할머니가 쓰던 앞치마를 입었다. 마야를 쿡쿡 찌르며 "어서 먹어, 식어"라고 재촉할 때 보면 영락없이 할머니였다. 마야는 그게 참 좋았다. 김밥만 빼고. 마야는 다시는 김밥을 한 개도 먹지 않겠다고 맹세했다. 하지만 시간이 지나면서 그 결심은 약해졌고, 특별히 우울하고 외롭던 어느 날, 도시락통을 열었다. 익숙한 냄새가 코끝을 스치자 마야는 와락 울음을 터뜨릴 뻔했다. 할머니가 느릿느릿 부엌으로 들어오며 물었다.

"왜 좀 먹지?"

"먹기 싫어요. 그냥 보기만 하는 거예요."

"얘야, 우리가 가진 능력은 특별하단다. 그 무엇보다 큰 축복이야. 그 능력을 쓰지 않겠다고 문을 닫아걸지는 말거라. 이제 그건 너의 일부야. 부정하지는 말라는 얘기야."

"그게 무슨 의미가 있죠? 그걸로 할 수 있는 일도 없는데."

도리질을 치는 마야의 어깨에 할머니가 팔을 둘렀다.

"어떤 일은, 왜 그렇게 되어야만 하는지 이해하기 어려워. 때로는 제때, 제시간에 일어나야만 하는 일도 있고, 때로는 그냥 마음이 이끄는 대로 해야만 하는 일도 있지. 네가 원한다면 제프를 만나러 다시 가도 괜찮아."

마야는 자신이 원하는 게 뭔지 모르겠다고 생각하면서 어느새 김밥을 세 개나 집어 먹었다.

"저는…… 저는, 마지막으로 제프를 만나고 싶어요. 작별 인사를 하고 싶어요."

할머니가 마야의 뺨에 입을 맞추고 말했다.

"이해한다."

마야는 네 번째 김밥을 입에 넣었다. 양념 맛이 아직 혀끝을 떠나지 않은 짧은 순간, 할머니와 떠났던 첫 번째 여행부터 제프와 만났던 모든 시간을 떠올렸다. 마야는 자신을 과거로 당기는 힘에 그대로 몸을 맡겼다. 이번 한 번만. 작별 인사를 하러 그 소풍 날로 찾아갈 것이다. 마야의 기억도 제프의 기억도 아닌, 할머니와 엄마의 기억 속 그 장소로.

5분만

소풍에 들뜬 여학생들 사이로 돌아오니 마음이 이상하게 따뜻해졌다. 마야는 젊은 엄마가 친구들 앞에서 이야기를 들려주는 모습을 잠시 바라보았다. 예전에 들었던 이야기였고, 얼굴도 익숙한 친구들이었지만, 지금 바라보는 사람이 할머니가 아니라 엄마라는 사실 때문에 모든 게 새로웠다.

마야는 제프와 함께 걸었던 길들을 천천히 돌아다녔다. 이제는 좋은 기억과 나쁜 기억이 뒤섞인, 자신의 일부가 된 장소들이다.

마지막으로 소풍 장소 끝자락에 있는 작은 건물 계단에 앉아 젊은 엄마를 바라보았다. 엄마는 앞으로 닥칠 슬픔을 전혀 모른 채 친구들 사이에서 환하게 웃고 있었다. 마야는 생각에 잠겨 그림자를 드리우며 다가오는 사람의 기척을 알아차리지 못했다.

"마야?"

마야는 그대로 얼어붙었다. 목소리만 들어도 누군지 알 것 같았지만, 함부로 기대했다가 실망할까 봐 겁이 났다. 마야는 천천히 몸을 돌렸다. 햇빛에 그늘져 얼굴은 보이지 않았지만, 귀 모양만 봐도 알수 있었다.

마야는 벌떡 일어나 그를 안았고, 이내 놀라서 물러나다가 발이 엉켜 비틀거렸다. 제프의 모습은 어딘가 달라 보였다. 짧게 자른 머리, 코끝에 걸친 두꺼운 검은 뿔테 안경, 요즘 스타일의 옷차림새. 마치 지금 시대를 사는 사람 같았다. 마야의 현재에서 온 사람!

심장이 빠르게 뛰었다. 이건 제프가 마야의 경고를 알아들었다는 뜻이었다. 제프가 살아남았다. 제프는 살아 있었다. 그런데, 제프는 그동안 한 번도 마야를 찾지 않았다. 한 달 동안 꾹꾹 눌러 담아 온 감정이 한순간 터지며, 분노가 순식간에 온몸을 휘감았다.

"아. 그래, 살아 있긴 하네. 멋지게 살고 있기를 바라."

마야의 목소리에 냉소와 마음의 상처가 뚝뚝 묻어났다. 마야는 울지 않으려고 입술을 깨물며 돌아서서 가 버리려고 했지만, 제프가 팔을 붙잡았다.

"놔."

"딱 5분만. 부탁이야."

마야가 다시 제프에게로 돌아서며 말했다.

"좋아. 5분 줄게. 시작."

제프가 계단에 앉으며 마야에게 옆에 앉으라고 손짓했다. 마야는 고개를 젓고 팔짱을 낀 채 서 있기를 고집했다. 제프가 입을 뗐다.

"너를 처음 만났던 때가 기억나. 네가 내 눈앞에서 순식간에 사라지는 걸 보고 난 내가 미친 줄 알았어. 마이클이 죽고 시간 여행을 시작하고서야 네가 어떤 존재였는지 알게 됐어. 그리고 우리는 다시 만났고. 아니, 네가 나를 다시 찾았지. 나는 내가 죽을 거라는 걸 알고 있었어. 하지만 언제 어떻게 죽는지는 몰랐어. 그래도 너한테 물을 수가 없었어. 왜냐하면 너는 아직 모르니까. 시간의 순서를 어지럽히는 말을 하고 싶지 않았거든. 그래서 거짓말을 했어. 널 만날 때마다 이제 그만 만나야지, 하고 다짐했어. 그래야 내가 죽었을 때 네가 덜 힘들 것 같아서."

제프는 크게 숨을 들이마시고 입가에 희미한 미소를 머금은 채 고개를 내저었다.

"하지만 그건 이미 벌어진 일이었어. 찾아봤는데 네 말이 맞았어. 그건 인연이었어. 우리는 이미 친구였어. 우리는 친구가 될 운명이었어. 우리는 이미 서로의 삶에 들어가 있었기 때문에,

난 너를 찾아가는 걸 포기할 수가 없었어. 그리고 사실, 나 알고 있었던 것 같아. 네가 결국 마라톤 경주 날에 나를 찾아 올 거라는 걸. 그건 우리가 여러 번 만나서 가까워졌다는 뜻이고. 또 한편으로는 네가 내 미래를 바꿔 줄지도 모른다는 기대도 조금 했었어. 경주에서 우리가 부딪혔을 때 넌 많은 걸 알고 있는 것 같아 보였거든."

제프의 목소리는 차분했다. 제프에게는 이 모든 일이 이미 한참 전에 지나간 일이기 때문이었다. 마야처럼 아직 아물지 않은 상처가 아니었다. 기차 사고 이후 가족과 친구들 곁으로 돌아와 보니 이미 30년이 흐른 뒤라는 사실을 알고 엄마가 얼마나 당황했을지 이해할 수 있었다.

"너한테 말하려고 했어. 하지만 자꾸 미루게 됐어. 제대로 말할 '적당한 순간'을 기다리다가…… 그다음엔 어떻게 됐는지 너도 알잖아."

마야는 여전히 제프와 눈을 맞추지 않은 채로 고개를 끄덕였다.

"그 비행기에서 빠져나오지 못할 뻔했어. 기내 압력이 급작스럽게 떨어지는 바람에 의식을 잃을 뻔했거든. 나 혼자라 너무 무서웠어. 그런데 순간 깨달았어. 네가 나한테 경고했던 그때가 바로 지금이라는 걸. 내가 시간을 뛰어넘어야 한다는 걸. 나는 허둥거리지 않으려고 안간힘을 쓰면서 그 비행기 안이 아닌 다른 곳에 있는 나를 상상하는 데에만 온 힘을 쏟았어. 흔들리던 비행기가 멈췄고, 난 내가 죽은 줄 알았어. 그런데 눈을 떠 보니까 땅 위에 있는 거야. 그렇게 나는 살았어."

"그럼 왜 곧바로 나를 찾아오지 않았어?"

마야의 목소리가 파르르 떨렸다.

"갈 수가 없었어. 죽을 뻔한 충격 때문이었는지는 모르겠지만, 한동안 과수원으로 갈 수가 없었어. 게다가 새로운 시간 속에서 새로운 인생을 시작할 방법을 알아내야만 했고."

"그럼 지금 여긴 왜 온 건데? 내가 너를 찾으러 여기 왔던 그 날엔 왜 안 왔어? 그날 나한테 올 수도 있었잖아. 그럼 다 설명할 수 있었잖아. 네가 죽었다고 생각하면서 지낸 시간이…… 얼마나 힘들었는지 알아?"

"마야, 넌 중요한 걸 잊고 있어. 그 모든 일이 없었다면 너는 네가 가진 능력과 힘을 발견하지 못했을 거야. 덕분에 너는 네 힘으로 과수원까지 가서 내 나무를 찾고, 달리기 대회 날로 나를 찾아와서 경고해 줬잖아. 모든 일은 그렇게 흘러가야만 했던 거야."

마야가 화가 나서 발을 굴렀다.

"그럼 내가 무슨 짓을 해도 결과는 달라지지 않는다는 말이야? 난 이런 거 싫어! 우리 인생도 우리 미래도 내 맘대로 통제할 수 있는 게 아무것도 없잖아!"

제프는 여전히 침착함을 잃지 않았다.

"통제할 수 없긴 왜 없어. 우리에겐 통제할 힘이 있고, 우리가 어떤 결정을 하느냐에 따라 우리 인생도 달라지는 거야. 넌 지금 인생을 일직선처럼 생각하는데, 우리 인생은 그렇게 흘러가지 않아. 우리 나무를 봤고 다른 사람들 나무도 봤잖아. 다른 사람들은 시간의 순서대로 살지만, 우리는 달라. 가끔은 미래에 우리가 내리는 선택이 우리 과거에 영향을 주기도 한다고."

마야는 자기도 모르게 웃음이 나왔다.

"제프 교수님, 여전하네. 그래도 난 아직 네가 무슨 말을 하는지 이해가 안 돼."

제프가 웃었다.

"설명하기가 쉽지는 않네. 우리 나무의 가지나 열매가 정해져 있다고 해도, 그 밑바탕엔 우리가 내린 결정이 깔려 있다는 얘기야. 우리가 과거와 현재와 미래에 내린 결정."

마야는 고개를 끄덕였다. 아직도 전부 다 이해하기는 어려웠다. 지난 몇 주 동안 새롭게 알게 된 것들은 더더욱 그랬다. 아빠의 진짜 운명, 숨겨져 있던 비밀들, 할머니의 정체. 그리고 할 수 있게 된 새로운 능력들. 자신의 기억 속으로 시간 여행을 하고, 자다까지 데려갔던 일도 그랬다. 하지만 우선은 현재에만 집중하고 싶었다. 지금 이 순간.

"그러니까 너는 네가 살던 시간 밖으로 뛰쳐나왔다는 거지? 그럼 몇 년도로 갔는데?"

"30년 후 미래로. 사고의 순간에 네 생각을 했어. 네가 해 준 경고도. 네가 그랬잖아. 너하고 너희 엄마가 30년 후 미래로 이동했다고. 그게 내 머릿속에 콱 박혀 있다가 나를 미래로 데려갔던 것 같아."

"30년? 그럼 내가 사는 시간대야, 나의 현재! 왜 나를 찾아오지 않았어? 내가 널 도와줄 수도 있잖아."

제프가 몸을 일으켜 마야 쪽으로 걸음을 옮겼다.

"아직은 안 찾아갔지. 하지만 찾아갈 거야. 내 가족을 찾는 게 먼저잖아. 생각해 봐. 얼마나 이상한 재회겠어. 그렇잖아, 30년을 더 산 가족들이 오래전에 죽었다고 생각한 나를 다시 만난 거야. 오랜 시간이 필요했어."

마야는 제프가 그동안 많이 힘들었겠구나, 싶었다. 생각해 보면 엄마는 그보다도 훨씬 더 힘들었을 것 같았다.

"그럼 지금은 가족분들이 알아? 다시 같이 사는 거야?"

"응. 좀 어색하긴 해. 지금 현재에서 어떻게 나의 새로운 정체성을 만들지 고민하고 해결할 시간이 필요했어. 1990년의 제프 정은 더는 존재하지 않아. 보관된 모든 기록에 따르면 나는 그 비행기에서 사망했어. 그래서 새로운 나를 만들어야만 했어. 주변 분들은 내가 한국에서 온 먼 조카인 줄 알아. 이제 다 정리가 끝났으니까 널 찾으러 갈 거야."

마야가 조그맣게 물었다.

"언제?"

"조만간."

마야는 모호한 대답도, 반쪽짜리 진실도 진절머리가 났다. 확실한 답을 원했다. 믿음직하고도 분명한 대답. 마야가 재차 물었다.

"언제?"

제프가 싱긋 웃더니 답했다.

"크리스마스이브."

안녕, 제프

마야는 숙제를 모두 끝냈고, 방 청소도 마쳤다. 그러고도 쉴 새 없이 할 일을 만들었다. 그래야 온종일 현관 앞을 지키고 있지 않을 테니까. 하지만 더 할 숙제도 없고, 방은 먼지 하나 없이 반짝거렸다.

오늘은 유난히 따뜻했다. 마야가 준비해 온 일을 하기에 딱 맞는 날씨였다. 자다가 크리스마스 선물을 주려고 잠깐 들른 김에 계속 똑같은 걸 물었다.

"오늘이 그날이네. 엄청 설레지? 언제 만나? 나도 빨리 걔랑 만나고 싶다. 물어보고 싶은 게 한두 가지가 아니야!"

자다는 제프에 관한 질문 폭탄을 쏟아 냈다. 참다못한 마야가 저녁 파티에 만나자며 자다를 쫓아냈다.

마야는 산타를 기다리는 어린아이처럼 들떴다. 다만 우유와 쿠키 대신, 다른 종류의 접시를 준비해 두었을 뿐이다. 할머니는 방에서 쉬고 있었고, 엄마는 아직 직장에 있었지만 오늘은 일찍 오겠다고 약속했다. 엄마도 제프를 꼭 만나 보고 싶어 했다. 그리고 저녁에 함께 만들 음식도 준비해야 했다. 미역국을 끓이고, 다른 맛있는 요리도 만들 생각이다.

마야는 요즘 엄마와 요리하는 시간이 참 즐거웠다. 하루의 피로를 풀고 서로의 일상을 묻는 시간이기도 했다. 말없이 음악을 틀어 놓고 재료를 다지고 볶으며 부엌에서 함께 춤을 추기도 했다.

마야는 어떻게든 생각을 딴 데로 돌리고 싶어서 불쌍한 기즈모를 괜히 목욕까지 시켰다. 기즈모는 수건에 싸여 부루퉁한 얼굴이 되었고, 물기가 다 마르자 욕실 밖으로 달려 나갔다.

바로 그때 마야의 휴대전화가 울렸다. 모르는 번호였다.

"여보세요?"

"여보세요, 제가 당신 일기장을 가지고 있어요."

"제 일기장이요?"

마야는 어리둥절해하며 가방에서 일기장을 꺼냈다.

"죄송하지만 전화 잘못 거신 것 같은데요."

"아뇨, 당신 일기장이 확실해요. 여기 전화번호가 있어요. 나하고 부딪쳤을 때 떨어뜨렸어요."

"저기요, 사람을 착각하신 것 같아요."

"나하고 부딪히고, 내 귀를 잡아당기고, 무릎을 다치게 했잖아요. 그때 떨어뜨렸다고요."

마야는 그대로 얼어붙었다.

"여보세에요오오? 마야, 끊은 거 아니지?"

전화가 끊기는 순간, 초인종이 울렸다. 드디어. 그가 왔다. 마야는 문손잡이에 손을 올리고 깊게 숨을 들이쉬었다. 그리고 문을 열었다.

제프는 양손을 주머니에 쑤셔 넣고 귀에 닿을 듯이 어깨를 추어올린 채 어색하게 서 있었다. 머리 위에는 마야가 준 우스꽝스러운 우산 모자가 얹혀 있었다.

"드디어 만났네."

그 말과 함께 제프는 옆 사람마저 따라 웃게 되는 특유의 환한 웃음을 지었다. 마야가 깔깔거리며 말했다.

"너 진짜 얼간이 같아. 어떻게 아직도 그 모자를 가지고 있어!"

제프가 모자를 벗으며 머리를 매만졌다.

"그 모자 아니야. 그 모자는 미래로 오다 잃어버렸어. 이건 며칠 전에 새로 산 거야."

평범한 요즘 옷을 입고 현관에 선 제프를 보니 마야는 기분이 묘했다.

"여기 있은 지는 얼마나 됐어?"

"캘리포니아?"

"아니, 여기. 우리가 사는 이 시간."

"거의 한 달."

길가에 서 있던 차에서 가볍게 경적을 울렸다. 제프가 몸을 돌려 손을 흔들어 주자, 차가 천천히 떠났다. 제프가 말했다.

"우리 아빠. 다음에 오면 너하고 너희 엄마를 만나 보고 싶으시대. 지금은 새로 이사 온 집에서 짐 푸느라 바쁘셔. 아빠는 아무리 생각해도 나 같은 능력을 가진 사람들이 있다는 게 비현실적이래. 다행인지 불행인지 아빠는 그런 능력이 없어."

"정말? 특이하네. 우리 할머니, 아니 우리 엄마 말로는 집안 대대로 내려온다던데."

"내가 입양아라 그런 것 같아."

"정말? 너하고 마이클은 생긴 게 똑같던데."

제프가 웃음을 터뜨렸다.

"맞아. 부모님이 나하고 마이클을 한국에서 입양했어. 우리 둘 다 갓난아기였을 때였어."

"서울에서?"

마야는 엄마와 할머니가 제프의 친가족을 알 수도 있겠다고 생각했다. 엄마가 예전에 시간 여행 능력을 가진 다른 가족 이야기를 한 적도 있었다. 제프가 말했다.

"아니, 부산."

"우리 엄마가 알고 지냈던 사람 중에 시간 여행을 하는 가족이 있었는데, 그 가족이 부산으로 이사 갔대. 혹시 네 가족이 아닐까?"

"어머니가 내 친 가족과 아는 사이라면 진짜 신기한 일이긴 하겠다. 친 가족을 찾고 싶지만, 지금도 충분히 좋아. 맞다, 잊어버리기 전에 너한테 줄 게 있어."

제프가 마야의 스케치북을 내밀었다.

"내 일기장! 영영 잃어버린 줄 알았어. 내내 이걸 가지고 있었어? 왜 이제야 주는 거야?"

"기다리고 있었다고 해야 하나…… 뭐랄까, 적당한 타이밍?"

마야의 입에서 앓는 소리가 나왔다.

"진작 너한테 주지 못한 이유는, 질문이 너무 많을 것 같았어. 게다가 네 일기장이 우리가 만나는데 길잡이가 돼 주기도 했고. 이제 난 여기에 있고, 내가 너를 찾았으니까, 지금이 딱 적당한 때인 것 같아. 그건 그렇고, 나는 너를 두 번이나 찾았는데 넌 나를 한 번밖에 안 찾았잖아. 이 대 일이니까 내가 이긴 거다."

마야가 장난스럽게 제프의 어깨를 밀쳤다.

"아니거든. 두 번째는 내가 너더러 오라고 했으니까 그건 내 점수야."

"흠…… 그건 좀 애매한데?"

"들어와. 이제 다 지난 일이야. 벌어진 건 벌어진 거고. 중요한 건 지금, 우리가 같은 현재에 있다는 거야."

마야는 제프를 부엌으로 끌고 가 미리 준비해 둔 김밥 접시를 집어 들었다.

"우리 집 뒷마당에 소풍하기 딱 좋은 데가 있어. 진짜 소풍. 이제 기억 속에 사는 건 그만하고 우리만의 추억을 만들 때야."

제프가 수상쩍다는 듯 킁킁 냄새 맡는 기즈모를 번쩍 안아 들고 말했다.

"좋아. 앞장서!"

안녕, 할머니

마야는 제프와 자다를 수시로 만나느라 할머니가 떠나는 시간에 늦을 뻔했다. 엄마는 그냥 지금처럼 같이 살자고 했지만, 할머니는 거절했다.

"내가 너와 같은 나이였을 때, 내 미래의 나도 바로 이맘때 떠났어. 이젠 내가 그 미래의 사람이 되었으니, 지금이 떠날 때인 거야. 마야는 자신의 능력을 찾았고, 진실을 알았고, 또 제프를 구했어. 난 머무를 만큼 머무른 거야. 이 기억들을 다시금 살아 볼 수 있어서 즐거웠어."

"할머니, 정말 괜찮으시겠어요?"

마야는 줄곧 할머니를 엄마와는 완전히 별개인 사람처럼 대했다. 그런 마야의 태도 덕분에 엄마는 미래의 자신과 이야기하는 기이한 상황과 어느 정도 거리를 둘 수 있었다.

"괜찮다마다."

할머니가 대답하고는 엄마를 보며 웃었다.

"사람은 자신의 미래와 같이 살아서는 안 돼. 너무 괴상하잖아. 나는 내 기억대로 마야를 도우려고 이곳에 왔고, 또 너희 두 사람 사이의 비밀을 없앴으니 내 할 일은 끝났어. 그리고 나의 시간에서도 나만의 삶이 있어. 그걸 잊기 전에 돌아가야 해. 이곳에서는 가만히 있는 것만으로도 힘이 부쳐. 시간 여행 가서 거기에 너무 오래 있으면 머릿속이 뒤죽박죽되는 수가 있거든."

엄마가 고개를 획 들고 할머니를 보았다.

"뭐라고요? 방금 뭐라고 했어요?"

"어?"

할머니는 기억을 되살리기 위해 이마를 잔뜩 찌푸렸다. 엄마가 다시 말했다.

"시간 여행 가서 거기에 오래 있으면 머릿속이 뒤죽박죽된다고 했어요? 자꾸 기억력이 떨어지는 게 그래서예요? 치매가 아니라?"

순간 할머니 얼굴 위로 깨달음이 번졌다.

"아. 그게 네겐 큰 걱정거리였구나. 맞아, 과거에 너무 오래 머무르면 기억력에 문제가 생길 수 있어. 과거로 갔을 땐 그 시간대를 벗어나지 않게 끊임없이 집중해야만 해. 시간이 갈수록 헛갈리고 혼란스러워지거든. 인간은 하나 이상의 시간대를 오래 기억하도록 만들어진 존재가 아니니까."

마야는 제프의 마라톤 대회 날이 떠올랐다. 경고만 주고 오기에도 모자란 시간이었다. 할머니처럼 몇 개월씩이나 다른 시간대에 머문다는 게 상상이 되질 않았다. 엄마가 물었다.

"한번 나빠진 기억력은 돌이킬 수 없는 건가요?"

“그렇지 않아. 돌아가서 좀 쉬면 정상으로 돌아올 거야. 당분간은 시간 여행은 하지 않을 거야.”

엄마가 벌떡 일어나 할머니를 꼭 끌어안았다.

“고마워요.”

“내가 미안하구나. 난 너한테 말한 줄 알았어. 여기선 내가 뭘 말했고 뭘 말하지 않았는지 기억하기가 힘들어.”

엄마는 웃으며 고개를 끄덕이고는 흐르는 눈물을 닦았다.

“이제 알았으니 됐어요. 내가 얼마나 다행스럽게 생각하는지 알죠? 나뿐만이 아니라, 마야를 위해서도.”

엄마와 할머니는 마야를 보며 동시에 웃었다. 살아가는 시간이 다를 뿐, 닮은 두 얼굴이 함께 미소 지었다. 이윽고 할머니가 말했다.

“이제 정말 떠날 시간이구나. 인사하는 걸 잊지 않아서 다행이야.”

엄마가 부엌을 돌아보며 물었다.

“그럼 우린 뭘 만들어야 할까요?”

“필요 없어. 그동안 이 시간에 머무르기 위해 얼마나 정신을 집중했나 몰라. 지금은 정신을 놓기만 하면 돼. 그럼 내가 사는 시간으로 자연히 돌아가게 될 거야. 드디어 편히 쉴 수 있어.”

할머니가 엄마의 팔을 토닥였다.

“고맙다. 쉽지 않았다는 거 안다.”

엄마가 고개를 끄덕였다. 할머니가 마야에게로 돌아섰다.

“이리 와. 우리 마야와도 작별 인사를 해야지.”

“할머니가 사는 시간에도 제가 있죠? 그렇죠? 왜 다시는 못 볼 사람처럼 인사를 하세요?”

할머니가 마야를 다정한 눈으로 바라보며 말했다.

“그럼, 있다마다. 자, 우리 손녀딸 한번 안아 보자.”

엄마와 마야는 눈빛을 교환했다. 할머니는 마야가 당신의 손녀가 아니라 딸이라는 걸 잊은 걸까? 아니면 마야를 하도 손녀라고 부르다 보니 조금 헛갈린 것뿐일까? 어느 쪽이 됐든 할머니는 기분이 좋고 정신이 맑은 오전 중에 되돌아가야만 했다. 마야가 할머니를 꼭 안아 주고는 할머니 귀에 대고 속삭였다.

“안녕히 가세요, 할머니. 아니, 엄마. 지금 여기에선 할머니가 많이 보고 싶겠지만, 할머니가 원래 계셔야 할 집으로 돌아가신다니 기뻐요.”

“다시는 내가 너와 멀어지지 않게 해 줘. 나는 살짝 일깨워 줬을 뿐이니까. 내가 과거로 와서 모든 걸 보여 주었으니 이 가족에 더는 비밀이란 없잖니. 우리 둘 사이엔 이제 그 무엇도 가로막을 게 없어. 그리고 언젠가는 너도 시간 속을 다니며 길을 잃은 사람들을 도울지도 모르지. 어쩌면 이미 그랬는지도 모르고.”

할머니는 마야의 뺨에 입을 맞추고 한 걸음 물러섰다.

"이제 나의 가족에게 돌아갈 시간이구나. 너무 오래 떨어져 있었어. 우리의 인연이 나를 끌어당기고 있어. 그가 나를 기다리고 있다."

그가 누군지 묻기도 전에, 할머니는 마야의 눈앞에서 영영 사라졌다.

한국 독자에게

이 작품은 김이 모락모락 나는 된장찌개와 지글지글 구운 갈비, 그리고 셀 수 없이 많은 반찬이 가득한 밥상에서 시작되었습니다. 음식을 맛있게 먹으며 엄마, 아빠는 내게 어린 시절 추억을 들려주곤 했습니다. 버스비를 아껴 산 꽈배기를 집으로 걸으며 야금야금 부숴 먹었다는 엄마의 이야기. 친구들과 등산 가서 김밥과 참외를 먹었다는 아빠의 이야기.

내가 어렸을 때만 해도 한국 문화는 지금처럼 전 세계에 널리 알려져 있지 않았습니다. 자막 달린 방송이나 소셜 네트워크 게시물을 온라인에서 쉽게 접한다는 건 꿈도 못 꾸던 시절이었지요. 우리 가족은 한국에서 방영이 끝난 지 몇 달이나 지난 프로그

램을 보기 위해 비디오테이프를 빌려야 했습니다. 그래서 내 주변 사람들은 한국 음식이나 언어, 문화에 관해 거의 알지 못했습니다. 우리는 냄새가 풀풀 나는 김치와 깍두기를 차고의 냉장고에 따로 숨겨 두고 먹었습니다. 집에 들어올 때 신발을 벗어 달라고 부탁하는 말도 쉽게 나오지 않았습니다. 미국식 억양을 유지하려고 집에서도 영어를 더 많이 썼습니다. 나는 항상 두 세계의 경계에 자리한 느낌이었고, 그 어느 쪽에도 온전히 속하지 못한 기분이 들었습니다.

내게 음식은 가족과 한국 문화를 잇는 가장 강력한 끈이었던 것 같습니다. 식탁에서 우리 가족은 이야기를 나누고, 웃고, 다퉜습니다. 대학 시절, 집을 몇 달 떠났다가 돌아오면 공항에 마중 나온 부모님 차에 타자마자 나는 김밥을 입안 가득 쑤셔 넣고 신나게 먹었습니다. 서울에서 오신 할머니와는 말이 잘 통하지 않았지만, 몇 시간이고 바닥에 나란히 앉아 한국 드라마를 보고, 만두를 빚고, 멸치볶음에 쓸 멸치를 다듬었습니다. 엄마와 싸우고 내가 엉엉 울 때면, 엄마는 사과 대신 잘 깎은 감에 이쑤시개를 꽂아 말없이 내밀곤 했습니다.

한국어로 번역된 책을 갖는 건 내가 이루고 싶은 은밀한 목표 가운데 하나였습니다. 이 작품은 부모님께 큰 영향을 받은 작품이지만, 두 분 모두 아직 이 책을 읽지 못하셨습니다. 요리법을 정리하는 과정에서는 의견을 구하고, 여러 질문을 드렸지만, 영어로 된 긴 소설책을 처음부터 끝까지 읽어 달라는 부탁은 부담이 될까 봐 차마 하지 못했습니다. 안타깝게도 아버지는 이 책이 처음 출간되기도 전에 세상을 떠나셨습니다. 하지만 여러분 같은 독자 덕분에 나의 책은 이제 한국어로 번역되었고, 마침내 어머니 손에 쥐여 드릴 수 있게 되었습니다. 이 이야기와 요리법들은 곧 나 자신이자 나의 가족, 그리고 우리가 함께 나눈 모든 식사의 기록입니다. 『달콤쌉쌀 시간 한입』의 마법 같고 맛있는 세계를 여러분도 마음껏 즐기면 좋겠습니다.

플로라 안(안혜신)

옮긴이의 말

처음 이 작품을 접했을 때는 주인공 마야가 한식을 매개로 과거의 기억을 여행하며 자신의 뿌리를 찾아가는 이야기라고만 생각했습니다. 그러나 이야기는 예상보다 훨씬 깊은 곳으로 나아가며 생각지도 못한 반전의 연속이었습니다. 시간 여행이라는 익숙한 판타지적 장치를 통해 우리가 살아가며 마주하는 상실과 기억, 그리고 가족이라는 가장 오래된 관계를 다시 바라보게 합니다.

가족의 갑작스러운 죽음과 실종으로 생긴 빈자리는 시간이 지나도 쉽게 메워지지 않지만, 작가는 그 상처를 회피하지 않고 정면으로 바라봅니다. 또한 스쳐 지나가는 인연처럼 보였던 만남이 사실은 삶을 단단히 지탱하는 연결 고리였음을 조용히 드러냅니다. 제프와의 인연 역시 그런 의미에서 운명이라는 단어를 다시금 생각하게 합니다.

무엇보다 인상 깊었던 것은 '음식'이 가진 힘이었습니다. 누구나 음식에 자신만의 추억이 있기 마련입니다. 나 역시 김밥을 생각하면 소풍날마다 워킹맘으로 바쁜 엄마 대신 어김없이 김밥을 싸 주시던 할머니가 떠오릅니다. 추석이면 온 가족이 모여 앉아 누구 솜씨가 가장 좋은지 내기하듯 빚곤 했던 송편도 생각납니다. 무엇을 요리하든 남다른 정성으로 한 끼를 차려 내곤 하셨던, 돌아가신 시어머니도 떠오릅니다. 몸뿐 아니라 마음의 허기를 달래 주는 음식, 이 작품 속 음식들 역시 시간을 건너 기억과 그 순간의 감정을 깨우는 소중한 매개체입니다.

이 작품을 번역하며 '지금'이라는 시간이 쌓여 삶이 된다는 사실을 다시금 느꼈습니다. 이 책이 모든 독자에게도 저마다의 기억과 현재를 돌아보게 하는 달콤 쌉쌀한 한 숟가락이 되기를 바랍니다.

천미나

독서 교육 길잡이

1 처음 등장했을 때, 마야는 일기장에 스케치를 하고 있었습니다. 마야는 머릿속에 떠오르는 질문과 생각을 정리하기 위해 그림을 그립니다. 여러분은 생각할 문제가 있거나 복잡한 마음을 가라앉히고 싶을 때 무엇을 하나요?

2 마야는 엄마가 출근한 사이 혼자서 시간을 보내는 데 익숙합니다. 하지만 할머니와 같이 살게 되면서 모든 게 달라지지요. 마야는 할머니와 어떻게 친해지기 시작하나요? 여러분도 마야처럼 생각지 않게 가까워진 친척이 있나요?

3 마야는 할머니를 따라 할머니의 기억 속으로 시간 여행을 떠나고, 그곳에서 한국에서의 과거와 자신의 가족사를 알게 됩니다. 여러분은 역사에 관심이 있나요? 여러분은 과거에 대해 무엇을 알고 싶은가요?

4 마야는 자신이 두 종류의 사람 같다고 느낄 때가 있습니다. 가족 마야와 친구 마야가 그것이죠. 이야기가 진행되면서 이

두 마야는 어떻게 조화를 이루어 살아가나요? 여러분도 가족과 친구 사이에서 둘로 나뉜 것 같은 느낌이 들 때가 있었나요?

5 마야는 음식을 통해 주변 사람들과 교감을 나눕니다. 할머니와 가족만의 요리 비법으로 음식을 만들기도 하고, 자다와 함께 쿠키를 굽기도 합니다. 여러분은 친구나 가족과 어떻게 교감하나요?

6 가족의 비밀은 이야기 속에서 어떤 역할을 하며, 마야와 엄마의 관계에 어떤 영향을 미치나요?

7 만약 과거로 시간 여행을 할 수 있다면 여러분은 언제로 가 보고 싶은가요? 가서 무엇을 하고 싶나요?

8 이야기의 끝부분에서 할머니는 자신을 마야의 가족에게로 이끈 건 '인연'이라고 말합니다. 마야 가족의 미래에는 어떤 인연이 이어질까요?

A Spoonful of Time by Flora Ahn

Copyright © 2023 by Flora Ahn
All rights reserved.
First published in English by Quirk Books, Philadelphia, Pennsylvania
Korean translation rights © 2025 by Hello Robin
Korean translation rights are arranged with Quirk Productions, Inc. through
AMO Agency, Seoul, Korea

이 책의 한국어판 저작권은 AMO에이전시를 통해 저작권자와 독점 계약한 안녕로빈에 있습니다.
저작권법에 의해 한국 내에서 보호를 받는 저작물이므로 무단 전재와 무단 복제를 금합니다.

달콤쌉쌀 시간 한입

1판 1쇄 인쇄 2025년 12월 10일
1판 1쇄 발행 2025년 12월 25일

지은이 플로라 안
옮긴이 천미나
발행인 전연휘
편집 전연휘, 박진홍
디자인 호롱불스튜디오
홍보·마케팅 정원식, 노혜이, 박미은

발행처 안녕로빈
출판등록 2018년 3월 20일(제 2018-000022호)
전화 02 458 7307 **팩스** 02 6442 7347
인스타그램 @hellorobin_books
블로그 blog.naver.com/hellorobin_
E-mail robinbooks@naver.com
hello@hellorobin.co

안녕로빈
인스타그램

ISBN 979-11-91942-49-1(44800)
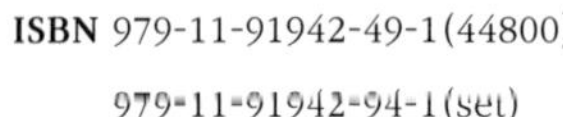
979-11-91942-94-1(set)

안녕로빈
블로그